山右叢書　　山右歷史文化研究院　編

忠正德文集

〔宋〕趙鼎　撰　　李蹊　點校

上海古籍出版社

圖書在版編目(CIP)數據

忠正德文集／(宋)趙鼎撰;李蹊點校. —上海:
上海古籍出版社,2018.6
(山右叢書)
ISBN 978-7-5325-8862-6

Ⅰ.①忠… Ⅱ.①趙… ②李… Ⅲ.①中國文學—古
典文學—作品綜合集—南宋 Ⅳ.①I214.422

中國版本圖書館 CIP 數據核字(2018)第 123782 號

忠正德文集

山右叢書

(宋)趙鼎 撰

李蹊 點校

上海古籍出版社出版發行

(上海瑞金二路 272 號 郵政編碼 200020)

(1) 網址:www.guji.com.cn

(2) E-mail: guji1@guji.com.cn

(3) 易文網網址: www.ewen.co

浙江臨安曙光印務有限公司印刷

開本 700×1000 1/16 印張 13.5 插頁 2 字數 164,000
2018 年 6 月第 1 版 2018 年 6 月第 1 次印刷
印數:1—1,500

ISBN 978-7-5325-8862-6

G·681 定價:56.00 元

如有質量問題,請與承印公司聯繫

目　録

點校説明

《忠正德文集》十卷，宋趙鼎撰。趙鼎（1085—1147），字元鎮，號得全居士，解州聞喜人。崇寧五年（1106）進士，宋廷南渡前，歷仕地方，曾任河南洛陽令、開封士曹等職。靖康之難後南渡，爲宋高宗起用，先後任户部員外郎、御史中丞等職，累官至尚書左僕射、同中書門下平章事兼樞密使。後爲秦檜所陷，罷相，出知泉州，幾經謫遷，最後移往吉陽軍（今海南三亞）。在吉陽三年，終不爲秦檜所容，絕食而死。孝宗朝時平反，贈太傅，追封豐國公，謚忠簡，配享高宗廟廷。

趙鼎爲南宋中興四名臣之一（其他三位爲李綱、胡銓、李光），南宋立國初數十年，趙鼎一直爲宋廷主要抗戰派大臣。《宋史》贊鼎曰：“論中興賢相，以鼎爲稱首云。”《四庫全書》評其“南渡名臣，屹然重望。氣節學術，彪炳史書”。南宋初，宋高宗起用趙鼎主持朝政建設和抗金事宜，趙鼎嘔心瀝血，兢兢業業，向宋廷舉薦韓世忠、岳飛等抗戰將領，爲南宋朝的建立和穩固立下汗馬功勞。宋高宗稱贊“趙鼎真宰相，天使佐朕中興，可謂宗社之幸也”。然而隨着南宋基業的穩固，主戰與主和之爭漸趨激烈，趙鼎在與主和派大臣秦檜的鬥爭中失勢，被罷去宰相之職，并被構陷罪名，幾次貶謫，終於吉陽。趙鼎在吉陽三年，始終堅持氣節，不向秦檜低頭，在給宋高宗的謝表中言：“白首何歸，悵餘生之無機；丹心未泯，誓九死以不移。”秦檜爲防趙鼎東山再起，加緊迫害，趙鼎知不獲免，乃於病後絕食而死。臨終前，猶念念不忘國家，作詩“身騎箕尾歸天上，氣作山河壯本朝”。氣節風骨，千古留存。海南人民爲了紀念趙鼎，爲他與其他四位曾被貶往海南的唐宋名臣李德裕、李綱、胡銓和李光建祠立祀，名爲"海南五公祠"，至今猶存。

趙鼎遺世著作，主要爲《忠正德文集》，爲文章、詩詞合集。據《四庫提要》載，紹興五年，鼎監修神、哲二宗實錄成，高宗親書"忠正德文"四字賜之，因以名集。又據宋周必大《忠正德文集序》載，《忠正德文集》乃趙鼎孫趙溍"追懷祖烈，將刻遺藁附昌黎文以傳。凡擬詔百有十、雜著八、古律詩四百餘首、奏疏表札各二百餘篇，號《得全居士集》，而古樂府四十爲《別集》"。趙溍請周必大題辭，周必大認爲"按國朝故事，眷待故相，多賜嘉名揭碑首，或二字，或倍之。公之生也，幸拜宸奎，褒稱四美……盍就以名集，昭示萬世"。趙溍允諾。此即爲《忠正德文集》的由來。

《忠正德文集》後世失傳，今天我們所見到的《忠正德文集》，乃是《四庫全書》編纂官主要根據《永樂大典》和《歷代名臣奏議》哀綴，共得奏議、筆錄、古今體詩、詩餘等二百九十六篇。

除《四庫》本《忠正德文集》外，趙鼎作品也分別見於其他著錄，如《函海》收有《建炎筆錄》《辯誣筆錄》《家訓筆錄》，《別下齋叢書》收有《得全居士詞》，清法式善《宋元人詩集八十二種》中收有趙鼎詩詞二卷（法式善曾參與撰修《四庫全書》，從内容上來看，這二卷詩詞應是《忠正德文集》詩詞部分的底本），等等。而在《四庫》本問世以後，尚有後人以《四庫》本《忠正德文集》爲底本再版的，如清道光十一年吳傑刊本，清光緒二年浙江山陰謝氏刻本等。

需要注意的是，《四庫》本《忠正德文集》（以下簡稱《四庫》本）對趙鼎詩詞、文章的搜集并不完備。由上海辭書出版社出版的《全宋文》、北京大學出版社出版的《全宋詩》等，在搜集趙鼎詩文時，都較《忠正德文集》爲多。不過鑒於《四庫》本《忠正德文集》是存世的趙鼎著作的唯一合集，因此本次點校仍以《四庫》本爲底本。校本方面，奏疏表札以《永樂大典》和《歷代名臣奏議》爲校本，筆錄以《函海》本爲校本，詩詞以《別下齋叢書》所收《得全居士詞》爲校本，并以吳傑本《忠正德文集》（簡稱"吳傑"本）作參校。而《永樂大典》《歷代名臣奏議》《全宋文》《全宋詞》《全宋詩》較《四庫》本多出的部分，則以附錄形式置於文末。

四庫全書總目提要

　　臣等謹案：《忠正德文集》十卷，宋趙鼎撰。鼎字元鎮，號得全居士，解州聞喜人。登崇寧五年進士第。累官尚書左僕射、同中書門下平章事兼樞密使。卒贈太傅，追封豐國公，謚忠簡。事迹具《宋史》本傳。初，紹興五年，鼎監修神、哲二宗實錄成，高宗親書"忠正德文"四字賜之，因以名集。史稱其爲文渾然天成，凡軍國機事，多其視草。有奏疏、詩文二百餘篇。《紹興正論》、陳振孫《書録解題》皆作十卷，今久佚不傳。僅就《永樂大典》散見各條，按時事先後，分類裒綴，得奏議六十四篇、駢體十四篇、古今體詩二百七十四首、詩餘二十五首、筆録七篇。又據《歷代名臣奏議》增補十二篇，仍釐爲十卷。計所存者尚二百九十六篇，與《宋史》所稱二百餘篇不符。疑其集本三百餘篇，傳刻《宋史》者或偶誤"三"字爲"二"字與？鼎南渡名臣，屹然重望。氣節學術，彪炳史書。本不以詞藻爭短長，而出其緒餘，無忝作者。蓋有物之言，有不待雕章繪句而工者。觀於是集，可以見一斑矣。

　　乾隆四十六年九月恭校上

　　總纂官臣紀昀、臣陸錫熊、臣孫士毅，總校官臣陸費墀

忠正德文集卷一

奏議上

陳防秋利害建炎三年五月十五日奉旨，
許郎官以上條具防秋利害，二十五日上。

按：鼎以建炎三年四月除司勳員外郎。

臣竊惟東晉之遷，國勢微弱，惟其設淮上之備以嚴外戶，扼荊襄之要保有上流，是以能建都江左，歷年滋久。今車駕駐蹕建康，則荊淮之防托、沿流之斥堠誠爲急務。斥堠之不明，以措置不專，勸賞不立也。自來委之軍中及沿路州縣，而軍或散亡，城亦失守，倉皇阻絕，力所不暇。今欲自御營及諸軍州縣各選募使臣、兵級，立定人數，信賞必罰，不任出戰、城守之責，專令探報。如此，則人得盡力而事不失實矣。防托之不謹，以事出倉卒，不能預備也。自來俟有警急，乃始調發，而陣未成列，兵刃已交，退無所歸，披靡逃潰。今欲前期選閱，受成而出，各使分擘遠近，占據形勢，習熟其山川險易之宜，以爲出入邀襲之計。廣積芻糧，嚴設塹柵，出而掎擊，入而拒守。如此，則前有以阻遏，而後能牽制矣。雖然，防托之任，正惟其人，未得其人，計將安出？臣竊謂黃帝時，諸侯相侵伐，暴虐百姓，於是習用干戈，以征不享。然而遷徙往來無常處，以師兵爲營衛，所以能戰炎帝，伐蚩尤，逐葷粥以去天下之不順者。今陛下欲久留此耶？願如臣所陳，謹斥堠、防托之備，慎將帥委任之選，保無後患，堅守不動，爲長遠之計也。苟或未然，則維揚之禍可不鑒哉？

臣願陛下深懲既往之失，常爲去就之謀。以六宮所止爲行宮，以車駕所至爲行在。吏部注授，並依八路；户部金帛，貯之諸州。凡宗廟祭祀、禮文法物，及六曹百司之閒慢者，並歸之行宮。而差除升擢，號令賞罰，出於行在。隨駕之兵不在多，選擇萬餘以備儀衛，其餘兵將分布江淮，預設控扼，既有以分軍食，又有以相應援。行在官兵既省，則用度易足，進退簡便。或駐江浙，或臨淮甸，延見父老，省察風俗，旌別善惡，搜揚人才，召集軍兵，振耀威武。使敵人知有預備而莫測巡幸定居之所，則恐未敢再謀窺伺。然後別遣能臣，出使關陝，收六郡良家子，募爲效用；優諸路弓箭手，足其闕額。以至蠲私田之稅，如弓箭手法，推之全陝諸郡。因其民俗，復唐府兵之制，待以歲月，訓練精熟，則四方之事庶有可爲者。且關中四塞之國，周以龍興，秦以虎視，漢高祖所以卒能并强楚成帝業者，以其先得關中之地，是知古先帝王欲大有爲於天下，莫不在此。今固未可幸，陛下他日圖之。

論屯兵疏建炎三年

按：此篇《永樂大典》不載，今從《歷代名臣奏議》增入。

臣伏見比來臣寮上殿奏陳利害，并群臣應詔條具，及二府大臣延見賓客，獻陳己見，江淮監司、郡守前後申請防秋要切之務，不過控扼上流，防托淮甸，固護江浙一帶。自四月迄今，百有餘日，慮之固已無遺策。大率以兵爲先，而分兵固守，占據地形，習熟其山川險易之宜，以爲出入邀襲之計。要在前期而遣，則軍行從容，民不駭愕。今已秋矣，未見分兵而出也。一旦邊報有警，敵騎[一]南來，風勁馬驕，倏至泗上，則淮甸震驚，聲搖江左，陛下其安能居於此乎？或謂俟杜充至，然後分遣。今道路

梗澀，充若久之未至，終將不遣邪？儻預爲撥發，各使安堵，俟
充之至，盡以付之，有何不可？自來出兵，例皆留滯。今日上畫
一，明日請器甲，今日支借請錢糧，明日散起發犒設，般挈老
小，編排舟船，動有十日半月之事。比至按隊渡江，各到屯泊去
處，又須旬餘，非可傳箭而集，舉鞭而行也，待其有警而後發，
不亦晚乎？是時上下惶駭，軍情憂疑，將有去留嚮背之意，安在
其爲控御哉？若以謂淮甸上流自有兵將，分擘已定，不須遣兵，
則幸也。苟或不然，臣實憂之，後時之悔，其可再邪？臣願降
旨，開具上自荆襄，下及楚泗，屯泊地分，所屯兵馬，大將謂
誰，置司處所。先聲後實，未必皆然。多作條畫，揭示一牓。姑
以安士民之念，亦使敵人知吾有備，所謂伐謀也。

論時政得失日曆併《扈從録》載，建炎三年六月初三
日，奉聖旨，以久雨多寒，召郎官以上赴都堂條具時政
得失，可以收人心、召和氣、弭天變者。呂頤浩奏之，
令實封以聞。

臣聞雨暘寒暑過差之節，繫之陰陽逆順盛衰之理。《春秋》、
《洪範》之所紀，漢諸儒之論，載之詳矣，臣不暇推證，有勤聖
覽。臣竊謂久雨多寒，陰沴之候，其應則兵禍不解，民心離散，
小人道長也。臣嘗求其致之之説，敢獻於陛下。

竊惟祖宗之有天下也，歷五季兵火之餘，險阻艱難，皆目擊
而身蹈之，故其建立足以垂法萬世。以聖繼聖，至於仁宗，四十
餘年，號稱極治，子孫守而勿失，復何加焉？厄運所鍾，社稷不
幸，乃有王安石者，用事於熙寧之間，以一己之私拂中外之意，
巧增緣飾，肆爲紛更，祖宗之法，掃地殆盡，於是天下始多事而
生民病矣。假闢國之謀，造作邊患；興理財之政，困窮民力；設
虛無之學，敗壞人材。獎小人，抑君子，塞言路，喜奸諛，扇爲

刻薄輕浮之俗，日入於亂。賴宣仁垂簾，深鑒其害，首因改元昭著至意，所行者仁宗之法，所用者仁宗之人，涵養十年，民瘼小愈。夫何治世之日少，亂世之日多？復有蔡京者，崛起於崇寧之初，竊堯舜孝悌之説，託紹述熙豐之名，畢力一心，祖述安石，以安石之政，敷衍枝蔓，浩然無涯，至於不可限極而後已。兵連禍結，外侮交乘^[二]，二聖北轅，朝廷南渡，則安石闚國之謀，而蔡京祖述瀆武之患也。繁文酷吏，上下相繩，鞭撻追呼，農畝失業，則安石理財之政，而蔡京祖述厚斂之患也。僥冒躐進，依阿取容，當官有營私之心，而臨難無仗節之義，此又安石敗壞人材之科，而蔡京祖述賓興賢能之患也。瀆武而兵禍不解，厚斂而民心離散。至於賓興賢能之弊，則習爲軟熟柔佞之資，無復禮義廉恥之節，士風彫喪，君子道消矣。故凡今日之患，始於安石，成於蔡京，自餘童貫、王黼輩曾何足道？今貫、黼已誅，而安石未貶，猶得配享廟庭；蔡京未族，而子孫飽食安坐。臣謂時政闕失，無大於此者。其欲收人心，召和氣，烏可得哉？故於陛下播越之中，示此陰沴之戒，天之警悟不啻諄諄之告，冀陛下知其所自，痛懲而亟革之也。

伏睹近降赦文，遵用嘉祐敕令，周恤黨臣之家，是將以元祐爲法，而有意乎仁宗之治矣。嗚呼，無聊憔悴之民，兹亦有少安之漸乎！然而德意未敷，天災未弭者，以政令未歸於一致，風俗猶裂於多歧。談詩書、陳治亂者，非安石之學，則蔡京之人也。遺患流毒，浸淫人間，牢不可破，甚於膠漆。徒使陛下焦心勞思，孜孜訪問，雖日下求言之詔，是誠何補？風俗之難移，從古所患，唯陛下明於聽覽，果於取捨。其或中外臣寮因事奏請，有涉於安石、蔡京之遺意者，皆不利社稷之人，願明正典刑，播告天下，使四方萬里之遠，皆知陛下用心所向，庶幾變之有漸。此風一變，然後可以言治。其他細故，不足爲陛下陳之。

論明善惡是非 《扈從録》載，建炎三年六月二十日除

司諫。先有旨奏事，未對，間差除。至七月初一日上殿，
自是言事數對，不復記。

　　臣嘗謂天下有公論，不可以力制，不可以智勝，由堯舜、周
孔以迄於今，如權衡之設、黑白之辨，自一人之善惡，至朝廷之
賞罰，一付於此，則天下治矣。國家陵遲衰弱之漸，人皆謂敵
國[三]之爲患，其亦知有以致之乎？以善惡是非之倒置，公論久
鬱而不明也。其來久[四]矣，禍胎至深，固宜痛心疾首，亟變而
力新之。如救災溺，唯恐不及；如去惡草，絕其本根。使風教純
一，物情和會，則人之所欲，天必從之，悔禍於我，其或在是。
縉紳者間猶昧此，或狃於術業之異，或牽於恩舊之私，陰有所
懷，巧爲沮遏，忘乎大公至正之道，而甘心於亡國喪家之術，亦
其人之不幸歟？非特其人之不幸也，宗廟社稷、天下生民之不
幸也。

　　靖康之初，發蔡京之罪，録黨籍之家，而議者則曰：今邊事
未息，軍政未修，忽而不省，乃復爲此不急之務。建炎之初，辨
宣仁之謗，復詞賦之科，而議者又曰：今二聖未還，兩河未復，
置而不問，乃復舉此迂闊之議。其言一行，奸計潛發，遂使上皇
引咎哀痛之詔，半爲空文；淵聖紹復祖宗之言，訖無成效。噫！
太平之治，須太平而爲之，抑亦爲之而後至耶？苟惑於其說，如
前所云，則天下之事無時而可爲，雖善惡是非久鬱於公論者，亦
不得而措辭矣。必欲厭服人望，得其歡心，不亦難哉！

　　唐憲宗用皇甫鎛、程异爲相，裴度論之曰：可惜者，淮西盪
定，河朔底寧，承宗歛手削地，韓洪輿疾討賊，豈朝廷之力[五]
制其命哉？但以處置得宜，能服其心耳。德宗當奉天之難，詔問
陸贄，一時急務，何者切直？贄對以理亂之本繫於人心，况當變

故搖動之時，在危疑向背之際，人之所歸則植，人之所去則傾，安可不審察群情，同其欲惡，使億兆歸趨，以靖邦家？此誠當今之急務也。以裴度、陸贄之才，非不知高城深池、堅甲利兵與夫折衝制勝爲禦侮防患之策，而納忠於君者，其言如此，誠知弭亂之本歟！

陛下紹應大統，適兹多難，欲大有爲，必知其要。念憲宗中興之業，在處置之得宜；察陸贄理亂之言，繫人心之向背。凡祖宗之法復而未盡，崇、觀之患染而未除，以至進退賞罰苟當於人心而合乎公論，雖流離顛沛，而因革可否，不可一日而廢。唯公論著，善惡明，輿議攸歸，士風丕變，則慕德向化，心悦而誠服之矣。寧謂已往之事無益於今耶？若夫積粟練兵之計，攻守奇正之謀，當責之有司，而朝廷之上朝夕之所講明者正宜在此，唯陛下不以疏闊而忽之。

乞不指前朝過失狀

按：自此至《乞勸獎翟興》，疑皆爲司諫時所上。

恭惟太上皇帝在位二十六年，慈仁厚德，涵育四海。每詔令之下，未嘗不勤勤懇懇，以愛恤百姓爲言也。不幸朝臣失政，專務阿諛，積稔蔽欺，馴致禍亂。今天下父老恨委任之非人，痛太上之北狩，未嘗不嘆息流涕焉。陛下承嗣大統，適丁多難，修身慎行，期底康平，上欲以推太上慈愛之心，下欲以拯中原塗炭之苦，至誠之德，可格於天。

惟是四方封奏，百僚獻陳，尚以崇、觀、宣、政爲言，諒惟陛下以父子之愛所不忍聞也。夫政事惟議其是非，人材惟審其邪正，因革進退，歸之於至當之論則可矣。況當時誤國之人，悉已竄逐，奚必紛紛然深指前日之過哉？願明降詔旨，使中外之人皆知聖意。伏乞施行。

願法太祖仁宗札

按：《歷代名臣奏議》載此，繫建炎三年。

臣竊惟國家之有天下也，始以太祖之武，建創業垂統之功；繼以仁宗之仁，得持盈守成之道。致治之術，先後相成，垂裕後昆，爲法萬世。哲宗時，講官顧臨進言曰：“今不必遠引堯舜三代之法，如祖宗之法，則陛下之家法也。”宰相呂大防因舉祖宗之法切於時政者十數事，當時以爲美談。恭惟皇帝陛下承列聖之後，履茲厄運，孜孜圖治，亦知有所稽法哉！近降赦文，遵用嘉祐敕令，是將法乎仁宗之仁矣。至於臨部伍，申號令，親戎旅之事；推腹心，同甘苦，協將士之情。赫斯一怒，旋乾轉坤，又以法乎太祖之武。則中興之治，誠不難致。是皆陛下之家法也，舉而措之事業之間，復何加焉？尚願持之以不倦之誠，而期於必成之效，則天下幸甚。

論聽納不諱

臣聞治安成於所憂，而禍患生於所忽。古之人君所以兢兢業業，不敢逸豫者，慎之至也。昨未渡江時，朝廷便謂無事，志得意滿，偷安苟容。士大夫知其惡聞邊患也，則務爲太平之說以投合其好，亦因以得美官，爭先相高，惟恐說之不售，而聽者滋惑矣。於是忽其所憂，緩其所急，儲金帛，修禮文，偃然爲經遠之謀，而無復外寇之慮，一旦倉皇難作，不復支持。譬猶病者，諱而不語，人或告之以病證之萌，則拂[六]然不悅，其不至於喪亡，則幸也。方事之初，以爲得計，漫不加省，爲患必深，至其已然，悔恨何及？

臣願陛下防微杜漸，每惟禍亂之憂；屈己虛心，不以顛危爲諱。或進言之人，謂強敵已驕，不難殄滅；盜賊細故，不足剪除。如某人之爲將，可倚於成功；如某處之財力，可取以足用。此維揚之遺風，諛佞之所爲也，亦願陛下力拒其言，不以容悦見納。亦猶病者眷眷焉唯求安是念，雖復沉痼之痾，而良醫善藥，日簇門下，庶幾其有瘳矣。區區愚忠，敢以此爲獻，唯陛下留神省察。

請覈軍功疏建炎三年。

按：此篇《永樂大典》不載，今從《歷代名臣奏議》增入。

臣竊謂國家武功之不立，以軍政之不修；軍政之不修，以勸賞之不明也。自崇、觀用兵以來，積爲斯弊，至有殞身鋒鏑之下而不蒙恤贈，執役權要之門而反被優恩，進退取舍，無復公道，勸賞如此，何以責人死力？玩習之久，今猶未除，遂使轅門之士，扼腕竊議，憤憤不平，實禍亂所由興也。

雖然，賞不患乎吝，患乎濫，賞至於濫，與無賞等。蓋賞以待有功，以功被賞，人則爲榮，樂事赴功，率爲我用。今也有功者賞，無功者亦賞，得之固不爲榮，亦何必有功而可得？倖門百出，賄賂相高，臨敵當先，果誰用命？奏功來上，人得掛名，淆亂其間，公私相半。受賞者則懷恩於私室，無賞者則歸怨於朝廷，是皆冒濫之弊有以致之，不可不察也。前此固不可以概舉，昨勤王之賞，最爲有法，高下品第，人無間言。雖朝廷立意盡公，不容少紊，而有司受情作弊，豈得無私？

竊聞常州通判梁汝嘉之弟身在衢州，常州推官林達卿之弟身在福建，掛名功狀，隨例補官。足迹未嘗及軍，將士不識其面，與臨陣效死之人同被戰功之賞，此物論所以未免紛紛也。然臣所知，止此二人而已，其所不知可勝計哉！臣愚欲望特降指揮，别作措置，今後將帥及應干有司保明功狀，未嘗立功而輒敢掛名者，重立賞錢，許人告捉。有官人奪所有之官，無官人奪所冒之官，盡以授之，量事大小，更與推恩。保明官吏及冒賞之人，重實於法，所給賞錢，亦令均備。稍革弊病，以勸忠勤，是乃君天下役使群動之術也。

乞措置吏部參選事

臣竊惟士之失職，責在朝廷。比緣國步艱難，例不得調，有勢援者，堂中擇闕，而寒遠坐受困弊。陛下灼見其事，已令措置，盡還部闕，士大夫方有赴調之期，無不欣快。然臣聞參選之人，多被沮抑，既無案籍稽考，則法令隨事變更，吏得因緣爲奸，而以書鋪爲假手之地。故一人參選，謂之鋪例者，不下數十千；至如召保官之類，費尤不貲。參選已如此，況注擬耶？臣以謂宜令吏部裁定保官之數，如行在職事官一員，用本司印狀，許保盡參選、注擬諸事。仍飭吏部長貳戒勵書鋪，毋得妄生沮抑，過爲僥求。儻致士人詞訟，即送所司究治。如此，則參選之士稍無留難，以稱陛下優恤寒遠之意。其他常行禁飭條法，更宜明加申戒，牓示施行。

論省部取受

臣嘗謂文昌政事之原，朝廷號令之所出，而四方之所取則也。自分建六部，增添吏禄，所以責其盡公。比因案牘散亡，遂敢高下其手，莫見首尾，更相芘蒙，大開賄賂之門，啓覬覦之弊，無復忌憚，肆其經營。或當緩而復先，或已失而復得。使孤遠寒士，懷憤不平，所向稽留，無以伸訴。此風不革，爲害滋深。臣愚欲望聖慈特降睿旨，應部有所取受，及與之併行用者，一等坐之。厚立賞錢，許人赴御史臺陳告，密令有司捕捉，然後申聞，取勘得實，並於常法外重作施行。庶幾振起頹綱，厭服人意。

論役法劄

按：《歷代名臣奏議》載此，繫建炎三年。

臣竊惟免役之法，起於熙寧之初。當時中外臣僚論列利害，不可概舉。大率優上戶，斂下戶；優富民，斂貧民。雖單丁、女戶以至僧道皆不獲免。以其所斂，養吏之餘，謂之寬剩。是謂一稅之外，更起一稅，大失祖宗寬民之意。行之六十餘年，今則由之而不知其害也。陛下灼見紛更之弊，既不能復循舊制，今乃於原額之外重增三分，官戶更不減半，其於祖宗之意益遠矣。又如鈔旁等錢，乃前日殘民之術，靖康初即已罷之。近降指揮，雖不賣鈔，而猶隨鈔納錢。賣鈔納錢，規圖苛細，已非朝廷美事，乃令隨鈔納錢，是何名目？凡取於民，亦須有名，取之無名，不得無辭矣。

今國勢微弱，強敵未和。高城深池不足恃，堅甲利兵不足恃，臣所恃者，惟民而已，安可橫斂加賦，重失其心耶？比來州縣用度不足，雖知此法之弊而不以爲言者，幸其所斂以資闕乏。獨京畿運判上官恪能言之，仍乞諸路依此施行，其意甚善，雖奉聖旨權免京畿，而諸路未罷也。臣願陛下如恪所請，遍行諸路，且使斯民知此二事，昨因臣僚建言而行，今因臣僚申請而罷，皆非朝廷本意，則心悅而歸之。此堯舜得民之道也，祖宗得天下之術也，幸陛下毋忽。

乞勸獎翟興

按：《宋史》，興以建炎三年正月由京西北路兵馬鈐轄爲河南尹、京西北路安撫制置兼招討使。

臣恭惟祖宗弓劍永閟伊洛，乃自多事以來，祭享有闕。今唯權西京留司翟興提兵保護，亦稍嚴肅。近聞差官到闕，乞割鄧州以隸西京，及乞借補官資，獎勸有功，朝廷行下宣撫司相度。竊詳京西止有翟興人馬體國輸忠，專以保護陵寢爲意，即非其他統制之比。除乞割鄧州等事，當下所司相度外，所有借補官資欲乞量事應副，及於唐、鄧比近縣分支移稅賦，并每歲支降度牒百十道，並仰專切崇奉陵寢，仍乞降詔褒嘉。不獨激勵一方忠義之士，亦以副陛下奉先思孝之意。

論防江民兵 日曆載，建炎三年閏八月二十二日有旨，防江丁夫且令放散。

臣聞有益於時者，不計其所損；有利於國者，不恤其爲害。非常之言，黎民懼焉者，凡以此故。若於時無益而所損則多，於國無利而爲害則大，不爲可也。審量損益之宜，明計利害之實，變而通之，以成天下之務而已。

臣竊見近降措置防江民兵指揮，條具詳悉，燦然有理。然以臣觀之，特文具，非實效也。點配科差，騷動閭里；拘留往返，奪其農時。既失民心，有累子育元元之德；重斂民怨，必生意外不測之虞。此皆所損之大者，則其爲害可勝言哉！雖然，有益於時，有利於國，則民間禍患有所不顧。於今之時，爲國之計將如之何？恃此長江以保宗社而已。若指民兵爲防江之用，則非也。臣願擇守臣，重其事權；選大將，嚴其號令。凡關津緊要，分立寨柵，輪差別將，領兵巡邏。大江限隔之遠，不能馳突；舟楫風水之虞，不能畢濟。如將能率衆，兵不潰亡，據地利之宜，持牽制之勢，雖有強敵，未易遽前。然而太行天險，非不關防；大河要津，豈無隄備？而卒致都城之禍者，以將不能率衆，而兵多潰亡也。今之所患，正在於此。苟能作新士氣，恢張國威，不特防江，可以防淮；不特防淮，可以長驅深入，收復兩河不難也。於此未得其術，而欲以區區疲瘁之民，爲防托御敵[七]之策，臣竊惑之。

四方之俗，勇銳好武莫如西民，而太平之久，流於驕惰，使之運餉築城，猶可驅之而去，責之防托御敵[八]，則望風而遁矣。臣不知江湖之民得與西民而比乎，西民且不可用，而欲以責江湖柔弱之民，可乎？今以人丁點差，擺布鋪分，遇有警急，馳報縣官，各有地分，馳至本界，躬親守御，防江民兵的確利便，獨在於此。臣不知沿江村民曾習戰否乎，沿江縣官曾統兵否乎。今之縣官，非學校士人，則衣冠子弟，使之率疲瘁柔弱之民以捍強敵，雖立軍法，日斬萬人，臣知其必不爲用矣。灼知其不可用而徒爾紛擾，欲何爲乎？臣所謂特文具、非實效也。流離失業，遠近驚疑，雖有免稅之文，而自齎糧糗，自辦器甲，以至勾追點集之費，未足償萬分之一。江湖風俗輕浮，易爲搖動，方臘青溪之變，可不念哉？有損而無益，有害而無利，於茲可見。

意[九]者或曰：民兵防江，本非戰鬥，但令執幟近岸，列爲疑兵而已。臣謂不然。平日無事，不必設此。萬一賊至中流，鼓噪而進，吾之正兵堅立不動，能復有機[一〇]。良善鄉民將救死不暇，其能成列不退乎？蹂亂正兵，因而失利者，或有之矣。若夫選委土豪，占[一一]集忠勇，乘危據險，保護鄉閭，雖未足爲防江捍敵之用，不猶愈於點丁而差，不擇強弱，不問貧富，取充數而已耶？

臣僻陋書生，不習用兵之利，陛下試以臣言詢諸大將，沿江之民可用以爲捍御之兵乎？今之縣官可用以爲統兵之將乎？如其不可，臣願陛下速賜罷去，選委土豪，召集忠勇，各爲保護鄉閭之計。毋使怨嗟之餘潛生變亂，乘間而起，重貽陛下之憂。臣故不避煩言，極陳其弊，惟陛下省察。

論敵退事宜

按：《宋史》，建炎四年正月己未，金人陷明州，乘勝破定海，以舟師來襲御舟。張公裕以大舶擊退之。辛未，命臣僚條具兵退之後措置之策、駐蹕之所。時鼎爲御史中丞，此下五篇以文義考之，當即此時所上。

臣昨奉聖訓，條具目今事宜。臣竊謂今日之事，所先者正在却明、越之兵，然後圖取攻之效。江左寧靜，始可議立國之地。臣嘗上言，乞詔周望分兵出廣德，邀其歸路。今乞遣使督王璚進軍宣州與周望會合，仍責以不策應杜充之罪，俾立功自贖。乞詔劉光世渡江駐軍蘄、黃，牽制荊南之兵，與杜充相爲聲援。并促韓世忠一如前來所奏，爲邀擊之計，或令與杜充會合於楚、泗之間。敵如[一二]江北兵衆，歸路稍艱，必有退軍之漸。或占據臨安、建康，涉春不退，即乘暑熱併軍攻擊，期於克復而後已。至於遴選監司、守臣撫綏疲瘵，分委重臣、大將招納潰亡，計朝廷已有定議，亦宜前期措置，才俟事定，即日施行。如巡幸所宜，則願以今歲爲戒。臣謹別具己見，仰瀆聖聽。

論修具事宜

臣竊謂國家多事之時，固宜博詢衆議，以究利害之實。至於參酌可否，實當在廟堂之上，若一委之於下，則紛紛辨論，何所適從？比蒙陛下詔諭群臣條陳敵退事宜，各具己見，悉已上聞矣。今敵衆引去，回鑾有期，儻欲漸圖恢復之謀，則必經營立國之地。臣願陛下明詔大臣，采摘群策，有便於今者，取而施行之。分陰可惜，毋貽後時之悔。臣區區愚懇，惟聖聽加察。

論西幸事宜狀

按：此篇《永樂大典》不載，今從《歷代名臣奏議》增入。

臣昨蒙聖訓，條具目今事宜，除已奏聞外。臣竊惟東晉渡江，全有淮甸，群賢協力，僅保一隅，亦以其外無陵侮之憂故也。今強敵南侵，視大江如履平地，淮南故非我有；而江左郡縣，凡都會形勢之地，悉經蹂踐，其視東晉萬萬不侔矣，雖欲立國於此，其可得乎？況能平定齊魯，恢復晉趙，定建極宅中之計，惟關中奧區，兵民可恃，太祖皇帝時已有遷都之議。陛下必欲經營中原，當自關中始；今關中半失之矣，欲經營關中，當自蜀中始；欲幸蜀中，當自荊南始。雖然，漢中鄰長安，而興、利鄰秦、鳳，太平之久，負販往來，山谷險絕，皆成蹊徑。昨長安潰兵徑趨興元，全無阻遏，自興元趨劍門，更無棧道，而劍門兩間亦有捷路可至成都。然則蜀中所恃之險尚須措置，使絕不通行，然後可保。張浚之行，專委召集西兵，未聞營度守蜀也。

今岳、鄂路通，可擇使臣三兩人齎詔付浚，及選除利州、夔峽等路監司、守臣，委之協謀，爲守蜀之備。俟浚回報，然後決意西行，且駐荊南，徐圖所向。爲今日計，無逾於此者。謹具條畫下項。

臣嘗謂天下之事，必有一定之論，匹夫之謀一身，商賈之謀一家，亦不可繆。悠然轉徙，終無所守，況欲立國爲久遠之業？去歲四月初，陛下發臨安，幸建康，慨然有克復中原之意。臣嘗上言，欲守江南，當以淮爲外戶，乞早發諸將屯守淮南，委杜充節制之。兵既不遣，充亦不行，淮卒不守也。後欲守江，以民丁爲兵，以王義叔爲使。臣嘗上言，民不足恃，義叔不可用，言卒不行，而江亦不守也。始議巡幸，不敢爲戰守之策，間關水陸，棲泊會稽。及洪州失守，復幸平江，爲決戰之議。已而興國有警，進不能前，則移蹕四明。自始及終，元無定論。儻林之平所遣海船不到，則束手端坐，更無脫免之計。每思及此，爲之寒心。故臣謂巡幸之宜，願以今歲爲戒也。今秋既不可再登海船，則捨上流荊襄之行無術矣。臣區區愚陋，不足仰承睿訓，惟陛下決擇。

論駐蹕戎服

臣[一三]見陛下[一四]自渡江，及幸吳越，每經郡邑，必御戎服，親部伍，誠欲震耀神武，激勵將士，示以同甘苦之意。然而人君之舉動，不可以簡約自卑；朝廷之規模，不可以權宜日削。恭聞朝夕駐蹕行宮，臣愚欲乞詔有司益禁旅。乘輿服御，正人君之威儀；羽衛導從，備朝廷之典禮。應如平日巡幸故事，稍加整肅，雖不能庶幾萬一，亦足以張國威，消奸宄，慰遠民望幸觀瞻之願。

論畏避苟且欲上下任責

臣嘗謂方今之事所以易敗而難成者，其害有二：臺諫不盡言，朝廷不任責。不盡言則昧於利害之實，不任責則忽於成敗之幾，其欲保邦致治，不亦難哉？臺諫之不盡言也，以朝廷惡聞其事，拒之而不得言，言之而不得行，與不言何異？畏棄地之譏，中變連和之策；懼避敵之論，力沮渡江之謀。遂使遺患都城，流毒淮甸，生民淪陷，社稷阽危，是皆不任責以致之，禍可既哉？今陛下深監其失矣。然今日之事，與前日不侔。議和之使，係踵於道，而兵禍不解。初幸浙西，再臨江左，而防托未備，則朝廷之責益重矣。惟陛下與大臣圖之，毋蹈前車之失。至於祖宗基業付托之重，孰爲之子孫？四海生靈歸附之心，孰爲之父母？此則陛下之責也。當斯時，負此責，顧不艱哉？唯自任不疑，力行不屈，赫然丕變，庶幾有濟。其或畏避苟且，幸其無事，則淪胥以敗，未見有振起之漸。

昔劉備起漢疏屬，志在靖難，困敗沮辱之中，而剛果之氣略不少衰，一時豪傑皆爲其用，卒能以區區疲蜀屢困中原之師，後世稱之，號爲英主。今陛下兩經大變，艱難顛沛，亦已極矣，而天下之責猶不得辭之。臣願陛下持志宜益堅，臨機宜益壯，奮發天威之斷，激昂神武之姿，至大至剛，始終如一。凡今日未獲之事，躬自任之，以風勵天下，使公卿任公卿之責，將士任將士之責，則內修外攘〔一五〕，舉在是矣。實宗社之幸、斯民之幸也。

論回蹕《扈從錄》：建炎四年三月初四日有旨，以初十日車駕進發，鼎力言其不可。初六日有旨，展至月半。

臣於今月初一日，嘗具愚懇，仰瀆聖聽，乞候浙西平定，及建康已有渡船的耗，乃議進發。竊聞昨日已降指揮，初十日巡幸平江，外議紛然，頗謂未便。臣不知朝廷有無探報，所報如何？浙西之寇，即今何之？平江境內曾無侵犯？建康之眾曾未渡江？若平江之吉凶未知，建康之去留未審，則今來車駕將安往耶？聞欲暫駐越州，徐圖所向，因爲就食之謀。然越州百里之內，悉遭擄掠，不過取之衢、婺諸州，而陸路修阻，艱於運漕，儻未接濟，何以支吾？倉皇之中，益難措手。兼敵人未遠，狡詐難防，萬一分兵出奇，姑爲回戈之勢，則行在咫尺，寧無震驚？人心一駭，變故莫測。臣雖淺陋，慮猶及此也。或謂軍儲窘迫，不能安居，彼此不殊，何由足備？臣愚欲乞先遣王璟等軍分屯嚴、婺，不惟減省行在用度，亦足張大聲勢，應援浙西，以俟建康寧息，及平江保守無虞，然後移蹕北還，似未晚也。恭惟陛下以萬乘之尊，負宗廟社稷之托，凡茲舉動，要當萬全。前日頒降德音，固已失之太遽，如今日回蹕之事，尚願少留聖慮，豈可堅執前議，不虞後患？臣采之眾論如此，非臣管見敢有異同，伏幸留神省察。

論親征日曆載，建炎四年四月十五日奉詔，據李光等
奏，金人已節次渡江，札付臺諫照會。

臣竊聞陛下徑欲巡幸浙西，道路傳言，人情震懼。臣在温、
台臚[一六]貢愚懇，及每因奏事未嘗不開陳利害，欲朝廷遠布耳
目，俟浙西寧静，及建康之寇盡已渡江，然後回蹕，徐議所之。
今聞朝廷遽有此舉，必韓世忠之報敵騎[一七]窮蹙，可以剪除，陛
下欲親總六師，爲親征之計。萬一世忠所報不實，及建康之衆未
退[一八]，或爲回戈衝突之勢，陛下何以待之？勝敗兵家之常，雖
有萬全之策，猶不免蹉跌，況欲僥倖於意外耶？兼饒、信魔賊未
除，王瓚潰軍方熾[一九]，陛下遽捨之而去，或結連窺伺，寧無回
顧之虞？兹乃社稷存亡之幾，至危之道也。臣願陛下少加睿察，
益嚴探報，俟敵騎[二○]渡揚了，乃幸浙西。此亦聖慮所及，前日
訓諭之語，臣嘗親聞之者。若謂敵[二一]已窮蹙，決保無他，即遣
將襲之可也，何至親煩車駕，以陷不測之禍？設若有成，不足言
功，或萬一有失，非如將佐可以脱身而遁，事或至此，悔無及
矣。惟幸留神省覽。

論放商税等事狀

按：《筆録》，建炎三年閏八月，車駕在建康，召百官議
巡幸利害，旋有詔幸浙西。明年四月，自温、台至明、越，
所過焚燒殆盡，鼎論奏宜有以優恤之。上惻然，詔免商税及
租役。

臣竊見去歲之秋，移蹕浙右，嘗詔郎吏以上條具巡幸之
宜，凡有可以加惠遠方者，莫不舉行之，德至渥也。今自温、
台復臨吴、會，所至郡邑悉經寇攘。無聊憔悴之民，欲赴訴於
陛下者，不啻赤子之投父母、飢渴之丐飲食，嗷嗷之情，又非

前日。陛下懷惻怛之心，視茲困弊，亦將哀其窮而副其所欲乎？願詔有司嚴飭州縣，應經殘破之家，特蠲今年賦役差率等事，及竹木、甎瓦、米麴之類，權與免稅，使之營葺生理，以漸復業。起凋瘵之疾，變愁嘆之聲，因之弭奸宄以消無窮之患矣。敵騎[二二]長驅，肆行殘殺，陛下無力以救之，固非得已。凡茲優恤之事，力所可至者，謂宜無惜。至誠而神，孰不忻戴？是乃固邦本之術，謀恢復之漸也。幸陛下誠心至意，果於必行。要令蒙被實惠，不徒爲掛墙壁之空文，斯爲盡善，事若緩而急者，惟陛下加察。

乞令侍從薦舉人才 建炎四年五月十一日

臣訪聞湖南北及江東西諸路帥守，往往闕人，行在侍從除臺諫外，止有綦崇禮、汪藻兩人。近汪藻在假不出，而郎官、百司局務多差外官權攝。昨雖有旨召謝克家等，又皆散在四方，不能即至，亦不聞再行催促。不惟國體卑弱，無以示天下，緩急大事，何所諮訪？邦家以得賢爲基，而人主以任賢使能爲職，固不可緩也。今帥守有闕，欲自外除授，則多以事不行，或不知居止所在，欲自行在遣行，而又闕人如此，遠方憔悴之民，何所赴愬？去歲渡江之初，首頒明詔，許左右司郎官已上各薦二人[二三]，令所在州差人給券，限三日發赴行在，審察賜對，隨材任使。仍令執政大臣同共采擇在外侍從，雖在謫籍，別無大過，而政事才學實可用者，廣行召擢，庶幾間有來者，以備獻納論思之職。

論福建兩川鹽法奏

按：此篇《永樂大典》不載，今從《歷代名臣奏議》增入。

臣竊惟國家歷茲厄運，頻歲艱虞。皇皇之民，雖流離困苦之極，而未嘗一日忘宋者，以祖宗創業之始，結民心爲基本故也。其於川、廣、福建之民，尤加優恤，以其疾苦赴訴，去朝廷特遠，而變亂竊發，遽難救止，故凡鹽酒之利，與民同之，而不之榷。近以國用窘急，始議榷福建之鹽，尋欲榷福建之酒。臺諫臣僚數已開陳其弊，言猶未行，而近見張浚申明，欲措置四川鹽酒爲經久之利，是何中外不謀而同，遠方之民亦不容其少安邪？浚，蜀人也，蜀之利病宜自知之。願陛下手詔諭浚，俾令裁酌。及令三省詳議福建鹽法，所得所失，孰大孰小，毋致重失民心，斯爲盡善。惟祖宗肇造艱難，欲垂法萬世，而一時建立，掃地殆盡，獨此民心未至離散，若併此而失之，則大事去矣！幸陛下留意。

乞支降岳飛軍馬錢糧狀

臣今月二十六日準樞密院札子，三省、樞密院同奉聖旨，除臣江南[二四]安撫制置大使按《宋史》，鼎除江東安撫大使係紹興二年十月，岳飛除本路沿江制置使，所以防秋合行事件，令同共商議，疾速措置，條具聞奏。臣除已遵奉施行，及候岳飛到日別行條具外。契勘本路江州、興國、南康軍並係沿江控扼合屯軍馬去處，其岳飛一軍，月支錢一十二萬三千餘貫、米一萬四千五百餘石，數目浩大。近蒙朝廷差撥岳飛軍兵一萬人往江州駐札，岳飛止差五千餘人前去，未敢盡數起發。蓋緣去年本軍在彼屯泊之日，錢糧闕乏，轉運司應副不繼，有誤指準，致本軍殺馬剪髮，賣鬻妻子，博易米斛，幾致生事。今來措置防秋，盡發軍馬沿江把守，兵衆費廣，理合預行樁辦，不可少有欠闕。臣見將岳飛一軍逐月所用糧食，催督轉運司接運本路米斛起發外，唯是全闕見錢支遣，若不控告朝廷，給降應副，將來定致闕絕，有誤軍事。欲望聖慈體念本路闕乏，特降睿旨，支賜錢四十萬貫，準折金銀降下，以充本軍三月之用。或將吉州榷貨務見今入納錢物截日盡數就便支撥，候過防秋日住罷，庶免臨時往復奏請，有誤國事。

乞下湖北帥司隄備賊馬狀

臣昨據本路制置使岳飛申：諸處探報，李成、劉麟會合金人[二五]，有直趨蘄黃渡江之計。臣以本路正當衝要，控扼江浙，實係行朝利害，不敢隱默，節次具奏，庶幾中外預得爲備，不至倉猝失措。自十一月二十日以後，探報少緩，而臣不即以聞者，以敵情[二六]不測，萬一所傳不審，有失隄防，或致衝突之患。當料其有，不料其無；勿恃其不來，恃吾有以待之也。今李成尚留漢上，雖未聞追襲之耗，而經營襄、鄧，用意不淺。蓋輕兵追襲，爲患速而小；占據上流，爲患緩而大。計朝廷已有措置，非臣愚慮所及。緣上流既失，即自漢陽而下，沿江諸郡皆順流可至之地，不可一日弛備，非特防秋而已。

臣已奏稟，乞支降錢物，打造戰船。不唯本路合行計置，竊恐沿江諸路亦當如此。兼聞光州、順昌府各儲糧十數萬，今則未見動息，觀其意向，必有所用。臣除不住移文制置使岳飛及本司所遣兵馬，遠布耳目，益嚴防守，并召募硬探，直往襄陽以來伺察敵情[二七]外。所有漢陽沌口，係漢江下流湖北帥司所隸，更望聖慈特降睿旨，嚴切戒約，過爲隄備，庶免意外不虞之患。

乞下湖北帥司防托武昌等處狀

臣契勘已依準聖旨，措置沿江防秋事務。緣昨來金人自黃州張家渡渡江，由湖北路鄂州武昌縣上岸，方入興國軍大冶縣界，取山路以犯江西。臣今相度，如今路興國軍、大冶、通山等處，見候岳飛到擺布防托外。有武昌縣尤爲上流要害之地，與大冶縣相去不遠，欲乞朝廷指揮湖北路帥臣速行措置，選發將兵，於武昌縣等處分布屯守，不測有警，庶幾兩路張大聲援，迭爲犄角之勢，共濟國事。伏望聖慈特降睿旨，詳察施行。

校勘記

〔一〕“敵騎”，《歷代名臣奏議》作“胡塵”。

〔二〕“外侮交乘”，《歷代名臣奏議》作“四夷交侵”。

〔三〕“敵國”，《歷代名臣奏議》作“夷狄”。

〔四〕“久”，《歷代名臣奏議》作“遠”。

〔五〕《歷代名臣奏議》於“力”後有一“能”字。

〔六〕“拂”，《歷代名臣奏議》作“怫”。

〔七〕“敵”，《歷代名臣奏議》作“寇”。

〔八〕“敵”，《歷代名臣奏議》作“寇”。

〔九〕“意”，據《歷代名臣奏議》當作“議”。

〔一〇〕“機”，疑當作“幾”。

〔一一〕“占”，據《歷代名臣奏議》當作“召”。

〔一二〕“如”，疑當作“知”。

〔一三〕《歷代名臣奏議》於“臣”後有一“伏”字。

〔一四〕《歷代名臣奏議》於“下”後有一“比”字。

〔一五〕“內修外攘”，《歷代名臣奏議》作“內修政事，外攘夷狄”。

〔一六〕“臚”，《歷代名臣奏議》作“屢”。

〔一七〕“敵騎”，《歷代名臣奏議》作“虜騎”。

〔一八〕《歷代名臣奏議》於此句後有“狼子野心，變詐百出”之句。

〔一九〕“熾”，《歷代名臣奏議》作“盛”。

〔二〇〕“敵騎”，《歷代名臣奏議》作“胡騎”。

〔二一〕“敵”，《歷代名臣奏議》作“虜”。

〔二二〕“敵騎”，《歷代名臣奏議》作“胡虜”。

〔二三〕《歷代名臣奏議》於此句後有“其間以才能擢用者，固多有之。臣愚欲乞依去年體例，詔臺諫及左右司郎官已上各薦二人”之句。

〔二四〕“江南”，疑當作“江西”。

〔二五〕“金人”，《歷代名臣奏議》作“金寇”。

〔二六〕“敵情”，《歷代名臣奏議》作“賊情”。

〔二七〕“敵情”，《歷代名臣奏議》作“賊情”。

忠正德文集卷二

奏議中

知洪州乞支降錢米狀

　　按：鼎移江西安撫大使，知洪州，在紹興三年三月。

　　臣契勘江西比年以來，自張俊、韓世忠相繼提領大兵招捕盜賊，及目今屯駐岳飛二萬三千餘人，供億浩大，竭一路財力，僅能應副。蓋緣本路一十州軍皆屢經兵火，百姓未盡歸業，財賦所入比舊十分纔及一二，而官用所出比舊數幾十倍，積靡以至今日。承此末流之弊，財用愈窘，民力愈困，支吾不行。本司合用錢米，從來全仰漕司依數支移，又不足，則不免干紊朝廷，乞支降錢物接濟補助。臣今初到任，首以養兵理財爲急務。點檢得見在米只支得四月一月，以後未有指準。所有今年春衣，並無一錢一匹俵散。兼蘄、黃等州逐月不住申乞錢糧，無可那融。其按月按旬合支見錢，唯仰洪州日逐酒稅課利，所收亦是不多，去納稅月分尚遠，委是不能繼續支遣。若不仰干天聽，竊慮緩急措手不及。欲望聖慈許於歲額錢米外，特賜睿旨，支降錢三十萬貫，於吉州榷貨務支撥見錢，及本路上供米內截撥米五萬石，付本司贍給官兵，以救目下新陳未接數月之急，及緩急差發將兵出入支用，庶幾不誤國事。臣已奏乞宮觀差遣，然既到官，因見事勢如此，不敢隱默，兼恐後來帥臣愈更費力，伏望聖慈特賜矜察。

　　貼黃：契勘朝廷數頒詔令，務在寬恤民力，不許州縣科率騷擾。臣昨閑居山野間，具見此患。今待罪守臣，斷不敢經賦之外，毫髮橫斂。若不開具闕乏，伸告陛下，即本司錢糧無所從出。伏望聖慈出自宸斷，特依臣所乞行下，庶幾不敗事以陷罪幸。惟陛下矜察，臣不勝萬幸。

臣昨任建康，過闕陛辭，蒙陛下聖諭：候到江東，應有伸陳事，理當一一應副。然江東所管軍馬不多，可以隨宜措置，除支降到銀三萬兩外，更不敢紊煩聖聽。今來江西窘乏，既非江東之比，而所管軍馬約及三倍有餘，歲額錢米不惟取撥不足，設使依數應副到司，亦自支遣不給。兼今來正當不相接濟急闕之際，若不蒙朝廷特賜支降，則臣之孤蹤決不能自保。臣雖已乞宮觀，竊恐未離任間別生事變，重煩聖慮，惟陛下哀憐之。臣無任瀝血祈懇之至。

奏乞應副李橫狀

按：《歷代名臣奏議》，係知洪州時上。

臣契勘襄陽府在江淮上流，當川陝襟喉之地，自三國用武之際，未嘗不先留意於此。晉武帝平吳，羊祜、杜預亦由此以成大功。昨以李橫爲襄陽府路鎮撫使，按《宋史》，紹興三年正月，以李橫爲襄陽府鄧隨郢州鎮撫使。蓋因其眾據此要害，增重荊襄之勢，誠爲得策。緣朝廷方遣使和議，已曾戒飭邊臣不得用兵。今據探報，李橫、牛皋約起兵往東京以來，收復州縣。又聞僞齊亦會合金人及遣李成領眾西去。切慮緣此紛擾不定，遂有并吞之意，是時豈李橫烏合之眾所能備御？不能備御，則襄陽決至失守。襄陽不守，則川陝路絕，荊湖震動，自江以南，皆順流可至之地，其利害有不可勝言者。近有人自襄陽來，臣因詢訪橫用兵之狀，云止是軍中闕乏，兼冬寒在近，欲擘畫些小冬衣，然則橫之出兵固非得已。臣竊思朝廷既以襄陽爲上流要害之地，以橫忠義，曾有勞效，遂付以一路鎮撫之權，不可使窘急如此，以至引惹重生邊患。臣愚欲望陛下特詔有司時有以資給之，使橫衣糧足備，不假他圖，即嚴降詔旨，丁寧約束，責其謹守疆場，繕修城壘，休兵牧馬，養銳待敵，爲持久之計，自非敵人侵犯，及奉朝廷指揮，不得輒因小利出兵生事。臣以不才，誤蒙委寄，而上流利害實有相關者，今茲所陳，亦臣之職，併乞聖聽加察。

貼黃：臣契勘李橫今來出兵，不知曾無被受指揮，若因防秋使之牽制，亦須諭橫探伺敵人已發兵馬，然後批亢擣虛，既有却顧之慮，即無深入之謀。今未聞敵人起兵而橫兵先出，彼必破橫，乃敢引兵南向，即更無後救矣。臣私憂過計如此，更乞睿察。

乞撥米應副襄陽李橫軍馬狀

臣勘會本司先奉聖旨，令於倉部郎官孫逸所起上供米內支撥一萬石，應副襄陽府郢州鎮撫使李橫，係孫逸分定於臨江軍吉州椿撥。本司節次行下逐處，及發遣李橫差來人船前去交裝。却據臨江軍申，本軍上供米已盡數起發了絕，即無未發米數。本司已具狀申明朝廷去訖。臣契勘李橫見管軍馬萬數不少，見今措置收復陷没州軍，已見立功。本司不住據本鎮申陳，急闕米糧，無以養贍人兵。及差到人船在本路日久，今來孫逸分定取撥糧斛，並是虛數，即無見在。臣遂急於本司刮刷到見在應副洪州見屯本司諸軍日下要用糧米內支撥一千石，付李橫差到人船先次裝發外。伏望聖慈恤念李橫急闕糧食，速降睿旨，下有米去處，接續支給，所貴不致闕誤。

乞免上供紙

臣契勘洪州年額，合發紹興三年上供紙八十五萬張，內一半本色，一半折發價錢，依年例下分寧、武寧、奉新三縣收買，解州裝發。據逐縣申，自建炎四年以來，各有窑户二百餘名抄造中賣。後來累遭賊馬，人戶死及九分已上，見今並無紙戶，委是難以抄造應付，乞蠲免收買。臣今照對分寧、武寧、奉新縣，自建炎四年十二月已後，被趙延壽、馬進、張莽蕩等賊馬侵犯，占據縣道，燒劫鄉村，殺擄人民。後來收復，繼續又遭趙進、曹成、田進、劉忠及紹興二年十月內交廣賊馬侵犯分寧、武寧縣，紹興三年正月內李宗亮侵犯分寧縣，三月內又有草寇侵犯奉新縣，遍於管下鄉村放火殺擄，人民被害深重。委是逐縣原抄紙窰戶例遭殺擄，目今全無人戶抄紙。兼本州除分寧、武寧、奉新三縣外，別無出產去處，若不申陳，切恐有誤上供歲計，致負曠責。伏望睿慈特與蠲免買發。

乞下鄰路防托虔寇

按：《宋史》，紹興三年三月，詔岳飛捕虔賊。六月，飛自虔州班師。此下三篇當是四月擒斬彭友等後所上。

臣契勘虔、吉之民，素號頑狡，平日不事生產，至秋冬收成之後，即結集徒黨，出沒侵掠。累年以來，朝廷方事外寇，未暇掃除，由是患害日滋，根株益固，上勞聖慮，遣發王師。今雖破蕩巢穴，使之著業，而渠魁間有竄逸者，雖苟目下少安，冬春之間，不能保其無事。臣只候岳飛班師，即分那人馬，逐處彈壓。竊慮積習未悛，再有嘯聚，定須侵擾鄰路州軍。伏望聖慈特降睿旨，下福建、廣南，相接本路虔、吉州，南安軍界，添屯人馬，聲援相應。使凶惡之黨知所至有兵，不敢妄動，加以歲月，漸革凶殘之氣，化爲良善之民，使安田畝，永絕後患。

乞免勘喬信

勘會洪州近承提刑司公文，錄準今年五月六日敕節文，臣寮上言，本州統領官喬信措置龍泉縣賊彭友等，端坐萬安縣多日，并不將軍馬追攻賊寨，止就隔江抄截賊中所遣打擄人，妄申獲捷等事。奉聖旨：“喬信令本路憲臣根勘，具案聞奏。”本州見送左司理院取勘。喬信軍馬昨自去年十二月内就袁州差發前去吉州管下，把截捕殺彭友、尹花八、甯十二等賊火。臣寮所按本軍久不進兵，固當坐罪，緣喬信部下官兵止一千人，彭友等三頭項徒黨萬數不少，衆寡不敵，是以不能成功。又緣本軍見分屯沿江興國軍，控守邊境，而洪州取勘未已，信麄人，不曉文法，既被勘劾，罔測罪名輕重，日夕憂疑，不能安職。今來防秋用人之際，正要將佐緩急使唤。欲望聖慈詳酌，特降睿旨，將喬信特降官資，免行取勘，或與放罪，責其後效。

乞免攝文廣狀

臣契勘洪州近準湖南提點刑獄馬居中牒，奉聖旨躬親前來根勘李澡、曾欽承等公事。臣竊詳，臣寮所論李澡不法情罪，有無虛實，臣固不可得而知。内一項李澡受本司統領官文廣金二百兩，已經臨江軍鞫治，勒令文廣甘伏軍令文狀在案。今來馬居中恐須再勾文廣入院照勘。緣文廣原係劉忠黨中第二名首領，忠既敗走，即投僞齊，廣獨不從，率其部曲渡江以受招安，隨行資財盡爲劉忠所劫，廣亦不願顧藉。又自到司以來，小心謹慎，每事宣力，嘗差往虔州捕賊，率先立功。廣粗人，不曉文法，負罪來歸，未知何所嚮，縱有所賄，情亦可憫。兼其下千餘人皆驍勇可用，見其主將對獄，亦恐疑慮生事。臣愚欲望聖慈特降睿旨，止令文廣在外供答文字，與免追攝入院。如干照人等指證分明，實有前件事迹，廣亦不敢隱諱，庶幾安慰衆心，不致反側。

措置防秋事宜

按：《宋史》，紹興三年九月，以鼎爲江西安撫制置大使。是年八月，詔岳飛赴行在，留精兵萬人戍江州。時車駕駐臨安。此下三篇以文義考之，當即此時所上。

臣契勘即日防秋，是時臣雖夙夜惕勵，思所以廣爲隄備，第念事勢相形，利害安危固有緩急輕重，儻非先事建明，遠瀆聖聽，恐一旦措手無及。恭惟清蹕見駐臨安，二浙、閩中爲近輔，江東、淮甸爲要藩。自行朝達鎮江、建康，屯宿重兵，無慮十萬，距京師約三千里，非不深且遠，可恃以安。然江西一路，北際陳、蔡、廬、壽，西連潭、衡、荆、襄，比他路邊面最爲闊遠。僞齊見遣兵將力守光州，爲備數年，頗聞農種漸廣。自汴由陳、蔡至光纔三百里，復與蘄、黃接界，亦粗有糧可因。僞齊[一]萬一會合金人再來南侵，當數路並進，而鎮江、建康既已有備，必由光州直擣蘄、黃，旬日便到江上，擄船造栰，乘間南渡，聲搖江湖。人心摧於傷弓，當鳥驚魚散，支吾不暇，將見行朝亦不得奠枕，則建康、鎮江雖屯重兵，固已無益於事矣。況己酉冬，敵[二]騎已嘗出武昌岸，徑趨興國，緣山疾馳數日，薄洪州城下，按：己酉係建炎三年，是年十月，金人自黃州濟江，由大冶縣趨洪州，見《宋史·本紀》。前車之戒未遠，則江西今日利害安危，豈不重且急乎？臣計本司見管軍馬共一萬六千餘[三]，皆是招收烏合之衆，除輜重、火頭等外，可使出戰僅及萬人，才足以屯防近裏州縣，隄備盜賊，豈堪前當大敵？近奉聖旨，留岳飛全軍，先分萬兵駐九江，士馬精勁，似可倚仗。

臣愚見尚有二患：邊面闊而僞境近，則師不可不益；師旅增而贍給廣，則財不可不聚。謂如江州、興國軍，西抵岳、鄂，皆據大江上游，曲折千里，控扼要害，受敵處多。自湓浦以上，江漸狹隘，至霜降水落，則一箭可及，一葦可航，非若下流深闊多阻，未易侵越也。今計岳飛兵數二萬一千有餘，除火頭、輜重、守寨、疾病人外，實得戰士一萬五千人[四]。忽有警急，迎敵保城，臨時應機，猶恐分布不給，兼岳、鄂人馬無多，安能使犄角應援？臣欲乞朝廷更摘那數頭項堪任出入將兵，時暫付臣相兼使用。又本路州縣屢經兵火殘毀，繼以連歲討賊，大兵往來，民力凋敝，官用空虛。今既留岳飛全軍，復丐益師，則軍儲愈窘，若止仰漕計，必致闕誤。臣欲乞朝廷廣行支降錢物，及就撥本路應干諸司上供錢帛，并権貨務見在及日後收椿之數，並行付臣斡旋，相兼支遣。仍乞選戶部官一員前來，與漕臣協議應副。庶幾兵勢稍強，財用粗足，可以待敵，且免臨時擾攘失措之患。臣才識庸暗，所見止此。伏望聖慈察其勢迫計窮，早賜睿旨，詳酌施行。

乞於岳鄂屯駐岳飛人馬狀

臣勘會神武副軍都統制岳飛全軍人馬，先奉聖旨起發赴行在，續蒙存留在本路虔、吉州平蕩賊火。臣契勘湖北岳、鄂州係在大江之南，與江州、洪州、興國軍地相連接，最是沿江上流，控扼淮甸、京西，實爲荆湖、川陝喉襟要害之所。今來防秋在近，鄂、岳之間理合預作措置防備，不可無重兵捍御。其鄂州雖有帥臣，屯兵數少，及本路見管軍馬計一萬餘人，頭項不一，其間大半是招收烏合之人，以至器甲大段未備，萬一有警，深慮難以支吾。

臣今相度，欲乞將岳飛軍馬候討捕虔、吉賊火了日，特降指揮，令往鄂、岳州屯駐。所有合用錢糧，專委湖北及鄰路漕臣分認應副。如蒙俞允，不惟江西藉其聲援可保無虞，而湖南、兩廣、江東、兩浙亦獲安妥，及江路通快，舟船往來，悉無阻礙。欲望聖慈詳酌，特降睿旨施行。

奏乞節制岳飛狀

臣契勘神武副軍都統制岳飛，先奉聖旨於本路駐札，彈壓盗賊，係聽本司節制。續奉朝旨赴行在，未起發間，再奉聖旨令李回協和岳飛，敦遣措置虔州管下盜賊。今來本軍招捕虔賊了當，蒙朝廷分屯江州防秋。欲望特降睿旨，許依舊聽本司節制，所貴緩急集事。如蒙聖慈特賜允許，即乞作朝廷措置行下。

乞收留宿遷官吏狀

按：此下二篇皆爲參政時上。鼎參知政事在紹興四年三月。

臣伏見淮東宣撫司申，宿州宿遷縣知縣張澤結約官吏二千餘人來歸，宣司恐礙去年六月間所降指揮，不敢收受。按：紹興三年六月，禁諸路招納淮北人及中原軍來歸者，見《宋史·本紀》。臣前日親聞玉音，以爲若拒而不納，恐失東北人心。仰見陛下至仁惻隱，不忘斯人之意，而朝廷恐於和議未便，止行下宣司從長相度。宣司既有執守，必無肯受之理。臣竊詳去年六月指揮，止是一時行遣，即非今來遣使所議要約，雖公受之亦無妨礙。如謂和議大事，不可少有動搖，即乞陛下宣諭宰執，令以書諭韓世忠遣親密沉穩近上兵官提兵數千，并遣文臣屬官一員，至界首密受之。然後移文宿州，云近有宿遷人民數千南來，本司以朝廷約束，不敢收受，遂於本界恃眾作過，今已遣兵驅逐潰散，是亦兵家一術也。臣謂此事所係至重，若峻阻之，則進不能不爲僞齊所戮，退則聚爲淮甸之寇，必至於誅殺而後已，如此，則淮北之人絕望矣。輒效愚忠，或有一得，如其可采，即乞作聖意宣諭。

臣初蒙陛下擢貳機政，不敢與同列故作異同，故密具所見，塵浼聖聽，唯陛下裁之。

貼黃：臣愚欲乞密下韓世忠辨認奸細，如無他意，即密切受之。既受之後，將有官人且留軍中，軍人充軍使喚，百姓放令逐便。

乞曲赦虔寇

臣訪聞虔州自從衛軍民交變以來，凡十縣之間，失業之民率聚爲寇。雖聖恩寬厚，貸其脅從，亦既累年，而猶家藏兵器，未嘗輸官。州縣既不能止絕，又且聽訟理獄往往許以追證舊事，閭里騷然，各懷反側。則是朝廷〔五〕已赦之罪，官吏猶得治之，使德澤阻於布宣，人情積於忿怨。一旦奸心不能自懲，則投兵刲刃，勢有必然者，因而聚衆阻險，無由自新。昨遣岳飛再已平定，而前日怨仇之訟紛紛猶未已也。臣區區愚見，欲望聖慈依昨來建州平范汝爲體例，特降曲赦，或止降詔書，貸其往咎，及應干優恤等事，並檢舉施行。如此，則人獲安業，盜賊潛消矣。按：《宋史》紹興四年七月曲赦虔州。

除宣撫處置使朝辭疏

按：《宋史》，紹興四年八月，以鼎知樞密院事充川陝宣撫處置使，尋改命都督川、陝、荊、襄諸軍事。此篇《永樂大典》不載，今從《歷代名臣奏議》增入。

臣疏遠之迹，荷陛下特達知遇，恨無死所圖報大恩。方國家多事，中外乏人，乃委臣總師，遠戍邊鎮，主憂臣辱，其何忍辭？然自惟念渡江以來，遭逢器使，揚歷臺諫，再叨樞筦，與聞政事，趨走殿陛，密勿冕旒，拙誠獲申〔六〕，無復顧惜。雖聖主全度，見謂樸忠，而萬目睊睊，指爲迂闊。今乃以奇孤寡偶之身，將使于萬里之遠，曾無一毫之善可辱記憐，安得不少陳悃愊，以瀆聰聽？

臣竊見自古人君善用人者，莫不專其委任，假以事權。任專則媢嫉必生，權重則嫌謗立至。唐之賢臣，勛業如郭子儀，猶困于魚朝恩、程元振之謗傷；名德如裴度，亦被沮于元稹、魏洪簡之朋比。子儀明哲自將，僅免危疑之累；而度辨論激切，卒隳幽鎮之功。況勳名寵眷未及兩人，求其成功，亦已難矣。向者陛下當建炎圖治之初，遣張浚出使川陝，國勢事力百倍於今。浚于陛下有補天浴日之功，陛下待浚有礪山帶河之固，君臣相信，内外相資，委任之篤，今古無有，而終致物議，以就竄逐。臣頃在紹興，人或指臣黨浚，故浚之責，不敢以一言及其是非。今考究其用心，推尋其情實，喪師失地，錯繆之迹則有之，未必盡如言者之甚也。大率專黜陟之典，受不御之寄，則小人不安于分義，謂名器可以虚授，爵賞可以苟求，一不如意，便生觖望。川蜀之士，至于釀金募士，詣闕陳論，展轉相傳，以無爲有，一經指摘，何以自明？是以有志之士雖欲冒犯死亡，爲國立事，而每以浚爲鑒戒也。雖然，浚固有罪矣，臺臣抨彈之可也，諫官論列之可也。人君赫斯震怒，雖誅殛之，浚亦無憾。今乃下至草澤布衣之士、行伍冗賤之流，凡有求浚而不得者，上書投牒，人人詬罵，肆言醜詆，及其母妻，甚者指爲不臣跋扈，極人間之大惡，皆歸之於浚。嗚呼，一何甚哉！夫以浚之功與陛下之信也，而謗者至此，則明君不能自信矣。

今臣無浚之功，陛下之信臣，無如浚以有功而見知也。乃當此重責，遠去朝廷，臣恐好惡是非行且紛紛于聰明之下。昔樂羊一篋之謗，幾陷誣蔑，賴文侯之明，乃成中山之功；魏尚數級之失，遂致吏議，唯文帝晚悟，後有雲中之效。伏望睿明鑒古今之得失，念事功之難成，憫臣孤直，曲加庇覆，使得展布四體，竭志畢慮，以寬陛下西顧之憂，非特臣之幸也。意迫情切，干犯明威，臣不勝恐懼俟罪之至。

奏乞參酌吕頤浩等申請指揮狀

勘會近具畫一奏請，内一項，臣今來係出使荆、襄、川、陝，其合行事件，欲乞將呂頤浩、張浚、孟庾昨申請到江淮荊浙都督府并宣撫處置使司已得指揮遵依施行，如事有窒礙，即許臣參酌，別行申請。仍乞朝廷行下六曹，取索逐件指揮，送臣以憑照使。奉聖旨依，除窒礙事件見行參酌，別具申請外。勘會內參謀等官人吏等，除理任并帶新舊任請給，於呂頤浩、張浚元申請畫一別無相妨外，有別給贍家驛券、添給食錢恩例，已于窒礙事件內別行申請請給。除舊請外，名色一同，從一多給，恩例從優，見別作施行外。吏部供到，檢準建炎二年二月五日敕，中書省、尚書省送到太府寺少卿黃鍔札子，契勘本寺自來出給使臣請受文曆，依法合以朝謝後限一月參部，如違，據歲月，不支請受。校尉以參部日起支，副尉不到部，官料錢勿給。近來使臣、校副尉往往規避在部重難差遣，不赴公參，僥求一時權局并非泛差使，稱不合參部。雖已具因依告示，終是詞訟不絕。切緣差使既係時暫幹辦，若便行永遠勘行，不惟虛費廩祿，有失元立法意。今相度，欲乞今後將合參部使臣、校副尉，並依條候參部日起支請受。如有差遣，或時暫、或住程，亦許依條參部了日給曆。如不到部，止據本處添給。其請受依舊法據歲月不支，仍勿給料錢。候指揮。二月三日，三省同奉聖旨依。又紹興元年十月七日敕中書門下省、尚書省送到白札子，勘會戶部出給官員請受文曆，依近降聖旨，須候參部了日出給。近有見任差遣使臣等止爲出給文曆，赴吏部公參。緣使臣依法初補或得替，許赴部公參注授差遣；其已有差遣之人不合到部，其請受文曆自不合出給。十月七日，奉聖旨申明行下。八月二十七日，奉聖旨，內差到統制、統領、將佐等官出給文曆一節，令檢照見行條例施行，餘並依。

條具宣撫處置使司畫一利便狀

近具畫一奏請，內一項，臣今來出使荊、襄、川、陝，其合行事件，欲乞將呂頤浩、張浚、孟庾昨申請到江淮荊浙都督府并宣撫處置使司已得指揮遵依施行，如事有窒礙，即許臣參酌，別行申請。奉聖旨依。除合遵依事件見逐旋施行外，有下項合行參酌，并條具申請：

一、臣今來出師係都督諸軍事，其所管路分，自宣撫、鎮撫、制置司以下及應統兵將帥，並聽本府節制。

一、所部逐路財賦，許酌度多寡有無，通融移那，不以拘礙截撥應副。

一、臣勘會昨張浚在川陝日，自帥臣以下，皆許便宜黜陟。浚既被召，續有指揮，帥臣、監司每遇有闕，止許宣撫司每一闕具奏三兩名聽旨除授。後來王似等申，如遇帥臣、監司有闕，不免即便選官填替。若具兩三名奏聽指揮，竊慮被差之人疑慮不該除授，不務究心職事。已奉聖旨，帥臣、監司如差待闕替人窠闕，令本司並約程，前期每一闕具奏三兩名聽旨除授。非次見闕不可待報，許一面擬差。臣契勘川陝至行在道路窵遠，如事局繁簡、才幹能否，深恐朝廷未能詳知，緩急之際，或致誤事，今欲乞並依張浚已得指揮施行。

一、臣勘會官員合該討論之人，如舉辟、差遣之類，並合候審量了日放行。訪問川路似此之人不少，多是私計不便，或無力前來整會，致妨食祿，不無留滯之嘆。竊見朝廷已有追降體例，欲乞行下吏部，開具元討論審量指揮及已追降體例各三兩件付下，候至川陝路，如有似此之人，從臣酌量追降放行，差注之類，仍具奏知，庶幾士人不致失所。

一、臣勘會昨來張浚在川陝日，官員等因功賞補轉官資，往往有司不與理元受月日，即與不曾被賞無異。今來官員等如因功賞補轉官資，乞並自受本府札子日，理爲補轉月日。

一、臣勘會昨張浚在川陝日，官員等若有功效，合量行推賞之人，係與減年磨勘。今來有司須要換給吏部公據了日，方許收使。訪聞其間多是無力前來行在改換，致卒無收使之期。今後如有合與減年之人，從本府分明置簿，立定字號，勘會給據，特免換給。如投下磨勘之類，即從臣驗實收使。不惟使有功之人便得祗受賞典，亦可以革絕奸偽之弊。

一、臣契勘今來川陝等路，如有創置官司，或收復州縣，便合要印記行使，若給降稽緩，深恐行移無以憑信。今欲乞下行所屬，遇逐路有合鑄印記，並限兩日鑄造交付，專差人齎擎前來，庶免失墜留滯。

一、臣契勘宣撫處置使司舊日給降付身差札，依元降便宜黜陟聖旨，係是正行補授。近緣到行在換給，却於所補官上加以“借”字，雖於元補官資別無減降，緣有“借”字，是致人心疑惑。今欲乞行下有司，將來如有換給，更不添入“借”字。

一、本府合要准備將領使喚，今欲乞不限員數辟差。其請給、理任等，並依准備差使使臣體例施行。

一、逐路官如差出幹事，雖有拘礙，亦不得占留、辭避。

一、乞依呂頤浩例，給降空名年月金字牌、旗牓三十副，準備緩急招收盜賊使用。

一、逐路應見任官如實有疾病，或怯懦不堪倚仗，或有贓私罪犯，并見關及未差替人去處，並許選官填替訖具奏，乞給降付身。內疾病并怯懦不堪倚仗之人與不理遺闕，被差官自到任日理為在任。若未受朝廷付身，間有按察官等保舉，許行收使。

一、臣勘會昨張浚出使日，曾蒙朝廷支降錢物，止是專充激犒使用。臣今來前去川、陝、荊、襄，合依例陳乞激犒錢物。兼契勘本府係經由大江一帶州軍，例經殘破，及岳、鄂至歸、陝以來，並無人烟。又四川財賦累年應副大軍，與昔日事體不同，所至州軍或有闕乏去處，亦須本府補助支遣。今欲乞朝廷支降金銀計一百萬貫、絹三萬匹、空名度牒二萬道、紫衣師號各二千五百道，並專充激犒并應副緩急支用。其度牒等依宣撫處置使司體例專用，本府勘合。所有禮部給到號簿，從本府收掌。如遇支使，據所支數目，別用本府勘合號簿，同付給降去處書填翻改。

一、臣勘會逐路豪户，如願納錢物、斗斛補助軍須，或緩急勸誘博糴，若不命之以官，竊慮無以激勸。今欲乞給降空名承節、承信、迪功郎告，進義校尉綾紙各二百道，給付本府准備使用，仍乞依紹興三年洛西勸誘博糴已得指揮施行。

貼黄稱：臣契勘昨來浙西糴買日，承節、迪功郎各係四千貫，承信郎三千貫，進義校尉一千貫。今來川陝等路斛斗價直及行使銅鐵錢輕重不同，欲乞從臣勘量書填，伏乞睿照。

一、臣今將吕頤浩等體例參酌，乞置參謀官一員、參議官二員、計議官四員、書寫機宜文字二員、主管機宜文字四員、幹辦公事一十員、准備幹辦一十員、武臣准備差遣二十員、准備差使二十員。其應干事件合遵依吕頤浩、張浚、孟庾已得指揮及體例施行，内請給除舊請外，名色同者從一多給，恩數從優。

貼黄稱：臣契勘内計議官緣張浚到川陝日，爲有官資稍高及不欲令干預文字之人添置上項名目，今欲依例添置，伏乞睿照。

一、今依孟庾例，差置點檢文字三人、主管文字一十三人、書寫文字一十四人、書表司四人、發放文字大程官八人、親事官四人、裝界作一名、發遞工匠二人。三省樞密院主事以上驛券，緣張浚與吕頤浩等體例輕重不同，欲酌中依秉義郎則例支破，官序高者自從高。其餘應干事件，合遵依吕頤浩、張浚、孟庾已得指揮及體例施行，内請給除舊請外，名色同者恩數從優。

一、簽廳欲置人吏四人，其抽差、請給、恩例等並依本府諸房書寫文字例施行。

一、本府合置降賜公使庫，今欲乞逐庫各差主管官二員、專知官一名、降賜庫手分二人、書寫人一名。主管官於有官人内指差，專副以下許差白身人，其餘並依張浚已得指揮施行。

一、乞於內外指差醫官二人、剋擇官一名，除見請外，日給進武副尉券一道，官序高者從本等。無舊請人更支一十貫，內醫官每月更支合藥錢七貫。

一、臣勘會本府官吏等，係據即目事務，或依例差置，若將來事務繁劇，人力不勝，欲乞從臣量度增添，其請給等並依已差置人體例施行。

一、臣今來係由兩浙、淮南、江南東西、荊湖北路前去，其一行大軍等合用錢糧若不指定名色取撥，竊慮漕司無以應辦。欲望聖慈特賜睿旨，逐路各專委漕臣一員，將應干諸色及不以有無拘礙，并上供、經制、常平等米斛、錢物應副經過支使，貴免闕誤。

一、臣隨行合要紹興敕令格式，并吏部七司條法、兵工部都官遷材格法及將官敕照使，欲令所屬各行印造一本供納。如無印本，如法抄錄，仔細點對。內將官敕於樞密院關取。

一、臣契勘本府一行輜重并官屬等合用驛馬不少，及所須什物等若旋行計置，竊慮枉費官錢。昨張浚、孟庾結局日，有係省驛馬驢及氈帳兵幕從物器皿家事、行軍什物等，並見在三省、樞密院激賞庫，殿前司，省馬院，神武中軍，左藏庫等處寄管，欲乞拘收赴本府應副使用。

一、呂頤浩等昨來出師，其一行官吏、將佐以下皆有支破起發錢物體例，緣地里遠近不同，是致不一。今來前去川陝，水陸萬里，比之張浚出師之時尤爲艱辛。所有起發錢物更不敢陳乞增置，只乞依昨張浚體例施行。

一、依例合差進奏官一名，承送往來申奏文字。今欲乞從本府指差，不罷本身職事，兼行主管，依例與免本院差遣，每日別給食錢二百文，就本院曆內勘支。

一、行遣紙札朱紅及發遞皮角牌子等，及油單黃蠟、點照油燭、收盛文字籠仗、打角官物、合用物色等，並具數於臨安府取索，限日下供應。內紙令左藏庫支供，在外並於所至州軍關取。伏望聖慈特降睿旨施行。

乞辟差官屬依例帶出見任職事狀

臣今出使川、陝、荊、襄，其合行事件，已得聖旨，依呂頤浩、張浚、孟庾昨申請到江淮荊浙都督府并宣撫處置使司已得指揮。契勘張浚下屬官張宗元、馮康國並帶出郎官職事，所有臣今來踏遂辟官，差到官屬內有見任行在職事人，亦欲依例。

督府申請援乞降詔旨並錄賜張浚詔書繳進：

朕嗣承大統，遭時多難，夙夜以思，未知攸濟，政賴中外有位之臣悉力自效，共拯傾危。今遣知樞密院事張浚往諭密旨，黜陟之典，俾得以便宜施行。卿等共念祖宗之勤，勉人臣忠義之節。以身徇國，無貼名教之羞；同德一心，共建興隆之業。當有茂賞，以答殊勳。

臣竊觀陛下勵精求治，志圖恢復，慨念中原久罹塗炭，以川蜀、荊襄爲腹心根本，故特命大臣往宣德意。而臣猥以庸陋，誤被使令，委以專征之權，付以黜陟之典，責任之重，前此所無。欲使叛亡懷歸，強鄰讋伏，士卒奮勵，奸吏革心，不間遐邇，知尊朝廷，非有丁寧告戒之辭，無以一新遠人耳目。伏見昨來張浚出使之日曾降詔書，道陛下委任之意。今來欲出自宸衷，特以詔旨付臣前去，至所部州郡觀風問俗之間，告以明天子之勤勞西顧惻怛至誠之意，庶幾武夫悍卒流涕而思用命，垂髫戴白扶攜以聽德音，其於遠方觀望，所繫甚重。伏乞睿慈特垂賜可。臣不任懇切之至。所有賜浚詔書，謹錄如上。

論防邊第一疏

按：此下二篇《永樂大典》不載，今從《歷代名臣奏議》增入。

臣竊觀古者用兵，以謂國之大事，至重至慎，不敢少忽。告之宗廟，卜之蓍龜，謀之卿士，然後授以成算。所請必聽，所欲必得，纖悉曲折，無不周緻，信任既篤，乃始責以成功。此將帥所以竭忠，而士卒所以用命也。秦欲伐楚，王翦須兵六十萬人，一旅一卒不可闕。陳平間楚君臣，用漢金三十萬斤，惟意所出入，高帝不問也。郭子儀幕府之盛，至將相者六十餘人，當時不以爲過。所以成就其功，固當如此。陛下軫念西陲，宵衣旰食，以圖勞來安集之方，故遣大臣往將使指。是宜上下戮力，以寬君父之憂，汲汲皇皇，協濟厥事。若但爲僥倖之圖，姑行嘗試之說，一切苟且，恬不介意，號曰出師，其實何補？

今臣備員督府，近在闕廷，施置之間，已多齟齬。請兵於諸軍，非爲臣之使令也，將以備出戰入守也。請給於公帑，非爲臣無資財也，將以勸功賞士也。辟士於幕府，非爲臣私親舊也，將以得人爲用也。然所謂兵者不滿數千，半皆老弱，不勝甲冑，疲癃跛倚，可笑可憐。所齎金帛至爲微少，猶控顏瀝懇，幾同乞丐。薦舉士人皆憚遠適，面得睿旨，令除京局，以重觀望。薦章甫上，彈奏已行，使臣義氣憂沮，舉措畏忌，退視賓僚，有靦面目。士大夫間或笑其單弱，或憂其無成，皆謂事大體輕，有名無實。顧臣一身亦何足道？顧國事安危不知安在？孤踪[七]遠去，君門萬里，若或更加沮抑，臣亦何能自辯？伏望陛下察此行之重輕，憫微臣之拙直，凡有所請，略賜主張，無使臣茫然遐徼之外，欲自訴於陛下則不可，欲盡載之紙筆則不能，悵焉自失，莫之爲計也。臣詞意迫切，不覺至此，惟陛下矜察。

論防邊第二疏

臣聞戰不必勝，不苟接刃；攻不必取，不苟勞衆。帝王之兵，以全取勝，貴謀而賤戰，蓋謂此也。臣觀漢宣帝時，趙充國伐先零，群臣上攻戰之謀，求速務快，議論蠭起。充國以爲非素定廟勝之策不可用，方且審料敵情，圖上方略，墾辟田土，會計米鹽，槀秸器用之具，郵亭斥隃之飾，無所不備。優游安静，不求近功，雖簿責之使輩至，問狀之詔日聞，守其成謀，牢不可破。卒能沮群議，克強敵，國無大費，功遂名立。臣竊慕之。然自惟念臣本書生，不閑軍旅，陛下聖度兼容，無所求備，徒知臣愚不謀身，戇不避事，付以重任，責其所難，義不得辭，黽勉承命。惟敵人[八]寇蜀，於今累年，侵軼之兵，歲深一歲。始者接鋒五路，其後直抵梁洋；既已棄和尚原，尋又失饒風嶺。蜀勢之危，迫於累卵。所恃者吳玠一軍，忠勇可仗，守關則僅足，出戰則無餘。設或吳玠不能支吾，即是四川更無存理。今冬末，幸敵[九]不來，則臣至蜀之日，宣陛下恩信，問百姓疾苦，勸課農桑，蠲削浮費，協和將士，簡練師徒，謹守關梁，密行間探，取謀問計，養銳蓄威，凡智慮所逮，無不竭盡，以副陛下委寄之意，此則愚臣之所能也。或吳玠之兵聲勢大振，四川財賦移用有餘，雖深入秦川，盡還故壤，於臣志願豈不欲之？或兵威不加於前，敵[一〇]勢無損於舊，雖曰蜀道險難，固亦未易保守，況欲及其他哉！若大言無實，輕舉妄動，僥倖成功於萬一，此則非愚臣之所能也。

今者明天子謂臣爲可使，軍民謂臣爲可行，蜀人喜廟堂輒遣大臣，敵國[一一]聞朝廷再開督府，内外觀望，事體非輕。而兵將單弱，無以壓蜀兵驕悍之氣；金帛鮮少，無以省蜀民饋餉之勞。雖自治之術，猶未知攸濟，乃欲勉強其所不能，多見其不知量矣。曩張浚之行也，謀欲恢復秦晉，漸定中原，卒之失五路，失梁洋，坐此被譴。原浚用心，豈不偉壯？而議者謂浚不得無罪，以其自信太重，許陛下者太過，而功名不能副其初議，是乃昧於自知而勉強所不能者也，臣竊惜之。

臣今行有日矣，竊意宸衷之所經營、執事者之所講究必有成算，如趙充國所謂素定廟勝之策者，幸舉以見授。臣當度德量力，奉命而行，尚或覬覦薄效，歸報陛下。儻不賜照察，而責臣以必能，臣恐異時紛紛之論，赤族不足以塞責。浚有大功，迫於物議，猶不能免，況如臣者哉？故自受命以來，日夕憂恐，莫知爲計。雖然，量能授官者人君之職，陳力就列者人臣之義，與其依違隱忍，卒使陛下有失望之嘆，曷若以其所能及其所不能者明以告於陛下，尚庶幾獲免欺君之罪。惟聖明憐察。

乞降指揮椿管糧食狀

勘會都督府官兵等將來到荆府換易舟船，并等候陸行，軍馬合暫屯駐，一行糧食切慮本府闕乏，無可應辦。及自荆南入川，沿路糧食亦未有指擬。伏見朝廷近降指揮，令衡州將見椿廣西提刑司起到常平錢所買金銀等於夔州路收糴米斛至荆南府椿管，欲於數內支取米一萬石應副，庶免闕誤。伏望聖慈速賜指揮。

乞降旨乘載輜重老小船並合逐軍自行備辦狀

勘會本府軍馬已降指揮，先次選差一萬人，係於諸軍內摘那差撥。所有乘載輜重、老小舟船，並合逐軍自行備辦。欲望聖慈特降睿旨，行下照會。

校勘記

〔一〕《歷代名臣奏議》於"僞齊"前有"臣策"二字。

〔二〕“敵”，《歷代名臣奏議》作“胡”。

〔三〕《歷代名臣奏議》於“餘”後有一“人”字。

〔四〕“五千人”，《歷代名臣奏議》作“五六千人”。

〔五〕“朝廷”，《歷代名臣奏議》作“陛下”。

〔六〕“申”，《歷代名臣奏議》作“伸”。

〔七〕《歷代名臣奏議》於“孤蹤”前有一“今”字。

〔八〕“敵人”，《歷代名臣奏議》作“狂虜”。

〔九〕“敵”，《歷代名臣奏議》作“虜”。

〔一〇〕“敵”，《歷代名臣奏議》作“虜”。

〔一一〕“敵國”，《歷代名臣奏議》作“夷狄”。

奏議下

除右相論防秋

　　按：鼎以紹興四年九月除尚書右僕射、同中書門下平章事兼知樞密院事。

　　臣契勘韓世忠屬官陳桷等赴闕，臣即子細叩問世忠防秋措置，觀桷等所說，可見世忠之意。桷言世忠已過淮南，相視控扼。因桷等之來，專令乞兵防守建康一帶，意欲令張俊分占江上，同負此責，亦如張俊聚兵之意也。臣以爲敵[一]若不能渡江，只留淮甸，即委世忠專切固護通、泰。萬一采石等處不能支吾，則敵騎[二]深入，遂有無窮之患。雖能保守通、泰，亦復何益？今若便令世忠保守建康，又緣敵騎[三]未渡之間，當且以通、泰鹽利爲重。臣之愚意，欲乞戒敕世忠，且在承、楚極力捍御。或采石等處已聞敵騎[四]南侵，即令世忠全軍而還，徑趨江東或浙西衝要去處，或腰擊，或尾襲。雖不能遏其來路，亦足牽制，少阻南侵之勢不能深入，所有通、泰鹽利在所不顧也。

　　臣本不知兵，更願陛下召張俊與議之，或以爲然，即乞召陳桷等面授此意，及親洒宸翰以賜世忠，不可坐視安危，恬不爲意，遂如議者所料也。張俊嘗言：「一旦江上有警，即世忠、光世等各携老小登舟，爲自安之計必矣。」臣一介書生，辱陛下眷遇，致身至此，敢不黽勉圖報萬分？自入夏以來，每以防秋爲念，而議論不一，何由措手？既入七月，方二使南歸，而又朱勝非求去，紛紛十數日不定。八月初即有川陝之命，萬里之行，無一人一騎，日夕經營，自救不暇，是以不能專一留心朝廷之事。今事勢已迫，乃蒙陛下擢寘宰司，萬一小有蹉跌，萬死不足塞責。臣已力陳懇款，辭免誤恩。或未賜矜從，即乞陛下博選中外忠誠可倚之人，寘之二府，庶幾協濟，少分陛下宵旰之憂，臣不勝萬幸。

貼黃：陳桷言，世忠患一軍老小留在鎮江非便。臣乃與桷議，欲令遷來平江等處，桷以爲然。此亦張俊之意也，併乞聖裁。臣昨晚已奏稟，乞令陳桷等上殿奏事。如陛下不欲召見，即乞令與臣等議定，速遣還軍，或別有處分。韓世忠事亦乞降出，付桷等以歸。

乞親筆付諸將防托

按：事見《宋史》紹興四年十月。

臣竊見呂祉奏到金人已犯滁州界，竊慮徑自桓州[五]直趨江上，即建康一帶倉卒驚擾，乘間濟渡，別無阻遏。大兵未集，人心易搖，思患預防，理宜隄備。今欲備坐今來探報，札付韓世忠疾速措置。如承、楚大兵并來滁、和，窺伺渡江，即仰帶領精兵捍御掩擊。兼張俊人馬已趨蘇、常，即浙西可保無虞。兼札劉光世疾速統領人馬前來建康府防托太平州等處。并札張俊等疾速差人硬探滁、和敵騎動息，萬一江上有警，即仰整齪人馬應援建康一帶。緣浙西非騎兵所長，縱使濟渡，不能衝突。唯有建康最爲緊要，深恐光世人馬未至間，遂致侵犯。臣愚欲望聖慈用臣此意親洒宸翰以賜三將，責其備御，勉以功名，且令宣導陛下問勞將士暴露辛苦之意。所有三將省札，見令修寫來進入。

措置防托畫一事宜狀

臣昨日已具滁州探報事宜聞奏，催督三將札子適已進。今別有愚見，仰瀆聖聽，伏幸睿察。

一、承、楚敵衆，恐非重兵，雖臨江上，未必敢渡。緣近報濠州對岸渦河口亦有人馬，今承、楚之人既至滁、和，即廬、壽隔絕，勢須奔避。而渦河之兵與承、楚合而爲一，萬一乘虛窺伺，便有衝突之患，理須過爲隄備。

一、已議欲先遣大臣，或聖意以謂目今可遣，即乞批出姓名，且使乘傳自餘杭由廣德以抵建康，伺察敵情，號召諸將，增重江東之勢。俟劉光世軍到，議定防捍會和之策，即復趨行在所。

一、張浚人馬昨日發絕，浚亦出門前去。楊沂中老小不肯先發，意欲同行，即今別無措置事務。臣愚欲乞擇定車駕進發之日，行下三將照會，使知臨幸有日，即不敢稽留觀望。

一、初二日敵犯滁州界，按《史》，紹興四年十月己卯，金人犯滁州，以丙子朔推之，當是初四日。今已六日。劉光世初四日承受移軍文字，治行三日，初七日始能成行，而馳至建康七百餘里，勢恐未能相及。即采石一帶，唯有杜琳、酈瓊、李貴三項人馬，不相統攝，難以責辦，不得不過爲之慮。臣偶有所見，敢不竭盡？伏幸聖聰裁酌可否。

論親征

按：《史》，紹興四年十月丙子朔，與鼎定策親征，戊戌御舟發臨安。

臣今日扈從車駕登舟出餘杭門，窺見道旁觀者無問老幼，皆以手加額，咨嗟流涕。以陛下冒犯風雨，親總師徒，激勵將臣，抗御强敵[六]，爲宗廟生靈之計，自靖康用兵以來，未嘗有此舉措，故得民心如此。雖然，千金之子坐不垂堂，知命者不立巖墻之下。陛下以萬乘之尊，履兵戈[七]至險之地，苟懷愛君之心，莫不憂之。而臣待罪挾路，實負此責，是以不寒而慄，當食忘味。臣非不欲被堅執鋭，摧鋒陷陣，爲士卒先，而書生懦懾[八]之資，不嫺戰鬥之事。又事不素備，勢難遽爲。府庫無半歲之儲，關津乏控扼之具，隨宜經理，取辦倉皇，徒有過差，無補毫末。所願陛下憫憐駑鈍，慮致於乖方，開廣聰明，兼收於衆智，下哀痛之詔，捐内帑之金。唯至誠足以感動於群情，唯觀賞足以激揚於士氣。堅惻怛艱虞之念，革偷安苟且之風，則功業之成，曾無難者。此帝王之事，在陛下神謀睿斷，思而勉之而已。存亡所係，安可忽諸？故於進發之初，輒貢區區之懇。儻少裨於萬一，而臣亦預有榮焉。臣不勝萬幸。

奏承楚事宜狀

臣等據兩日探報，承、楚敵兵挽舟北向，似有回意。及據秦州趙康直申，已措置收復承州，固已疑其别有奸謀。今日詢問得承州之北新開湖可以通天長河，入六合縣河内，由瓜步可以出江。果如此，則凡清河之舟，皆可爲用，無復阻滯矣。又沈晦奏稱敵騎聚於六合，按《史》，紹興四年十一月，韓世忠遣兵劫金人營於承州，破之。金人犯六合縣。則賊之計謀深有可慮者。臣等已作聖旨下沿江諸將，過作隄備。更乞陛下親筆以賜諸將，責其必保萬全，不得少有透漏，及令和同協濟，以紓今日之急。

奏吕祉所陳狀

臣適蒙降出吕祉奏狀，祉言敵已遁去，固未敢深信，而所陳二策亦未宜遽作行遣，俟别有的實探報，然後措置施行，似未爲晚。兼臣已作書祝張浚，如果有追襲之計，即如祉所言戒約諸將，勿令妄殺。伏乞聖慈更賜裁酌。

論降親筆付邵溥等

按：事見《宋史》紹興五年五月。

臣前日奏稟欲將親筆付邵溥、吳玠，獎諭裁損冗費等事。臣退而契勘，溥等議事在兩月前，計今歸司已久，猶未見裁損各件。候奏到乃降親筆，似爲允當，合具奏知。

乞除朱震職名狀

臣竊見孟庾等已入文字，面奉聖訓，范冲除徽猷閣待制，充資善堂翊善，朱震充贊讀。按：《史》繫紹興五年五月。范冲恩命，臣除別具辭免外。臣伏見朱震文學行誼素爲士林推重，今與范冲同膺聖眷，冲既升次對，則震不可獨無恩數。起居郎雖日侍清光，終非兩制，臣愚欲望聖慈亦除震待制，與冲並命。不唯公論允協，亦不欲獨寵冲，益重臣親嫌之謗。伏惟聖聰加察。

乞許亢宗與職名除郡

臣累奉聖訓，在廷之臣趣嚮異同者，稍澄汰之，庶幾風俗丕變，治道歸一。仰稔陛下灼見崇、觀之弊，不爲時學所惑，臣每愧綿薄，不足奉承睿旨。竊見近日召對許亢宗者，乃葉夢得妹壻，議論、學術宗師夢得，奏對札子首以知兵不知民爲説，意有所指，但不名耳，陛下不可不察。以大臣薦進例有恩數，且乞優與職名，除近闕知州軍差遣，似於公議允愜，不至紛紛。來日當進呈，合先具奏稟。

進廖剛《世綵堂集》札

臣今早進呈廖剛乞以一官回授封贈祖父，已得旨依所乞施行。竊惟陛下以孝治天下，故凡人子欲褒顯其親者莫不曲留聖意，俯遂其請，臣愚固知陛下孝養之心未嘗少忘。今復覽廖氏事迹，聖懷不無感嘆。所有廖剛所編《世綵堂集》，謹具進入。

奏某人差除狀

臣今早蒙宣諭，近所對與臣所聞之語大異。臣即嘗奏陳乞少待，兼來日係國忌日，不應降宣命，容臣十八日留身奏稟訖，然後施行。

乞追贈邵伯温狀

> 按：此篇《永樂大典》不載，今從《歷代名臣奏議》增入。

臣伏見故右奉直大夫、提舉江州太平觀邵伯温，康節先生雍之子。伯温自少出入富弼、司馬光、呂公著、韓絳、韓維、范純仁之門，程頤、范祖禹深知之。元祐初，伯温爲布衣，韓維以十科薦可備講讀，後以經明行修命官。維又薦學官，范祖禹薦于經筵。司馬光卒，其子康亦亡，乃特差伯温西京教授，俾教其孫植，因以經紀光家事。紹聖初，章惇作相，意欲用伯温，伯温安于筦庫，澹如也。元符末，以上書得罪，名書黨籍，坐廢者四十年。靖康初召用一時名士，諫議大夫呂好問薦爲諫官。宰相吳敏欲以東宮官處之，時戎事方興，不果用。建炎初，除利州路轉運判官，遂請宮祠以卒。臣宦學關陝二十年，接其議論，熟其爲人，嘗嘆其不可企及也。竊惟陛下褒賢念舊，凡黨籍上書人皆被優恤。況伯温大賢之後，行義顯著，平生所學迄不獲用，深爲聖朝惜之。臣輒録伯温元符末所上書進呈，伏望聖慈特賜褒禄，優加追贈，以示寵光。豈獨伯温九泉之榮，實爲士夫名節之勸，臣不勝幸甚。按《宋史·伯温傳》，鼎少從伯温游，及當相，乞行追録，始贈秘閣修撰。

論行遣章蔡狀

臣伏奉宸翰，以章惇、蔡卞罪惡貫盈，當議追貶，并其子孫、親戚不得與在內差遣。仰認陛下崇奉宗廟之意，臣雖駑鈍，敢不奉承。今日方取見卞等見存官職，來日取旨行遣。然臣愚意，止欲及其子孫，若并親戚斥之，恐傷陛下仁恕之德，合具奏之。按《宋史》，紹興五年八月，追貶惇昭化軍節度副使，卞單州團練副使，子孫不許在朝，不及親戚，當即從鼎奏也。

援任申先第一疏

按：申先，伯雨子，以布衣特起，至中書舍人。

臣適蒙陛下降出任申先辯訴言章奏狀，緣兩日假，故未及進呈。又緣親筆，不敢住滯，爲復只今行出，或容臣二十一日奏稟訖，然後施行。從來從官落職，不可無名，必坐其奏狀，乃降指揮。臣詳觀申先所陳，意以論列沈與求，因緣致此，言誠過差，不爲無罪。臣願陛下廓天地之量，少賜容忍，以全事體。若所言別無過當，則何緣落職？唯其肆言不屈，衆所難堪，而陛下能容忍之，是乃盛德事。臣區區之愚，尚有曲折，唯聖聰省察。申先之得罪於陛下，激怒於衆人，本因與求之事。今若坐其所奏，落職行遣，臣恐張浚不免憂疑，而章惇、蔡卞之黨歡忻鼓舞於外矣。以陛下寬仁大度，不能容一狂直，使大臣不安，群小交賀，臣竊爲陛下惜之。臣備位宰輔，無所補報，惟有朴忠，敢不竭盡？

貼黃：臣於申先非有所厚，昨申先論列沈與求，臣深不以爲然，亦嘗奏稟，計陛下尚能記憶。今申先奏章“有議者謂臣不當與臺諫立敵”，此臣戒申先之言也。又言“大臣方行臺諫之言，以示無私”，則申先于臣不無怨望。而臣不避譴逐，輒敢冒瀆聖聽，誠以責一申先爲小故，而其間所繫利害爲甚大。臣非敢倚張浚爲重，陰濟其私意也。伏幸睿照。

援任申先第二疏

臣昨日嘗以任申先落職事叙陳曲折，煩瀆聰聽。伏蒙聖慈俯鑒愚懇，特賜親筆，許令奏稟訖施行。仰認天地之仁，少霽雷霆之怒，不唯申先保全進退，亦使臣下遇有所見，得盡區區，無所隱避，則陛下涵容之德，高明溥博，闊略細故，所志者遠大矣，幸甚幸甚！然臣尚有欲告于陛下者。初，陛下以伯雨之言，追貶惇、卞，録用申先，所以旌別淑慝，明辯是非，雖在九泉之下，猶知懲勸，則足以爲萬世臣子善惡之戒。當時中外咸知此道復興者，以陛下聰明絶人，洞見底蘊，不爲浮議惑，而臣亦不量微薄，不避衆怨，身任而當之。今曾未幾時，申先乃蒙斥逐，誠以臺諫四人之請，陛下不得已而行之。若又因其赴訴之言更加削奪，則非所謂"十世宥之"之道也。臣恐惇、卞之黨有以窺伺聖意，禍機一發，奸計遂行，不特申先粉碎，雖如微臣，勢難苟免，是不得不懼。臣故輒爲申先一言，亦所以自爲謀也，併幸慈憐矜察。

乞劉寧止等上殿

按：《宋史》，紹興六年二月，遣劉寧止如鎮江總領錢糧。是月張浚至江上，會諸將議事。

臣今早得張浚書，以江上諸軍錢糧闕乏，欲令劉寧止、向子諲早到鎮江議事。今日已降指揮，令寧止等於今月二十四日内殿辭。緣寧止等遠去，各有奏稟職事，欲許辭日特令上殿。如蒙俞允，伏乞早賜批出。

乞抑内侍奏

按：此篇《永樂大典》不載，今從《歷代名臣奏議》

増入。

臣前日奏事殿中，伏奉聖訓，以言官張致遠論列士大夫有陰結內侍者，陛下既駭且怒，以謂此風寖不可長，宣、政之禍流毒至今，不可不戒，宜降詔開諭，且令有司立法禁止。臣待罪宰輔，親承玉音，仰見陛下不惑於甘言，無狃於近習，洞鑒覆車之迹，灼知滋蔓之端，好惡一分，邪正自辨，帝王盛德事也。雖然，小人無他，志在進取，不復顧藉，至於壞風俗，紊紀綱，唱讒佞之風，塞公正之路，以及於喪國亡家之禍，皆所不恤，兹宜可畏歟！今雖有所斥逐，而潛形秘迹，人莫得知，物論所議聖心未悟者，臣不知其有無，而亦不能保其必無也。臣願陛下力懲而亟革之，與其沮遏波流，孰若絶去根本之爲愈？臣嘗見齊威王封即墨大夫故事，及本朝歐陽修奏疏仁宗皇帝，其議論、事迹皆可稽考。謹録在前，用見臣區區將順之意，亦因以獻規於陛下，伏幸寬仁察斯忠懇。

知紹興乞差兵馬防海道 紹興七年三月二十六日，

按《筆録》，鼎以紹興六年十二月引疾，除觀文殿大
學士，充浙東安撫制置大使，知紹興府。

臣檢準樞密院札子節文，已降詔旨，巡幸建康，見令有司擇日進發。切慮四方傳聞不一，三省、樞密院同奉聖旨，令諸路帥臣、監司散榜分明告諭，使軍民通知，仍多方措置彈壓，務在安靜。及常切檢察部內，如日前積弊有害軍民事件，悉行革去。續承旨符照會，車駕巡幸，今月初九日已到建康訖。本司已行下本路諸州府措置彈壓，及從本司出榜，分送曉諭軍民通知去外。緣本路見管禁軍人數不多，以至器械例皆少闕，兼管下明州邊臨大江、海面衝要，不止備御山東賊界，緣接連福建，不測海寇出沒，若非朝廷差兵屯駐，無以彈壓。今車駕移蹕建康，兵馬事力

悉在江淮之上，則浙東一帶委是空缺。愚民好亂，浙俗易搖，食菜事魔之人處處有之，未易遽革。萬一乘隙窺伺，別起事端，雖不能大段爲患，如白馬源繆羅等輩不保其無。是時雖多方措置撫恤，終不若少屯兵馬之爲實利也。

本路禁軍共有六千餘人，除老弱不堪及差出之外，不過有三四千人，分在七州之內，占破使用，例不能免，可以準備使喚，曾無三二千人。而相去稍遠，逐州各欲爲備緩急，不能團結。又全無器甲，雖取會見管，乞令修整，非目下所可辦集，深恐臨時誤事。欲望聖慈特賜睿察，差撥兵馬三五千人長在明州駐劄，或更於留守司添兵數千，則雖朝廷在遠，使諸州緩急有所赴訴，誠爲利便。臣以衰病，已乞宮祠，然本路有此利害，不敢緘默。仰瀆聖聰，無任隕越。

經筵論事第一疏

按：鼎以紹興七年八月除萬壽觀使兼侍讀。此下二篇《永樂大典》不載，今從《歷代名臣奏議》增入。

臣向蒙陛下不以臣不才，寘之宰輔，前後二〔九〕歲，迄無寸功。聖度兼容，忘其所短，懇辭去位，禮意益隆，粉骨捐軀，未知所稱。今者待罪藩郡，使得自佚，曾未期年，遽叨召命，俾預經幄，示不終棄。自惟何者，辱陛下知遇如此？然臣區區之愚有不得已者，不免仰瀆天聽。

臣竊惟陛下紹祖宗之業，當艱難之時，簡拔儒臣，列侍講讀，非欲分章摘句，爲書生事業，必將論道之餘，訪以當世之務。臣雖學識迂僻，不足仰裨聰聽，亦欲少施所蘊，時有獻替，是乃祖宗設置經筵之義，況於今日乎？

臣謂陛下所當諮訪於講讀之臣者，內則政事之得失，外則邊事機籌而已。臣之思欲獻之於陛下者，亦無以逾此。臣素不知兵，然兩經捍敵〔一〇〕，粗識事宜，謂先固本根，乃議攻戰。屯大將於江濱，分精銳於淮上，首尾足以相應，聲援足以相及。敵〔一一〕雖強梁，欲謀深入，前迫大軍之勢，後有尾襲之虞。而我之漕運既省，民亦少安，設或長驅，頭舉而身隨矣，跨河越岱，無不可者。故於臨機應變之間，反復憂慮，以持重爲先。或欲置之危地，必取成功，非不可勝之策也。若今之邊事規模宏遠，事勢恢張，固已盡善，但與臣所見偶不同耳，亦非怯懦者所能知也。臣昧於治體，然昨在撰路，妄意區別，謂朝廷之上屢立黨與，呂夷簡、范仲淹之黨可合也，學術、政事所同，而其人多忠厚老成之士；王安石、呂惠卿之黨可合也，學術、政事所同，而

其人多才能少俊之流。至若元祐之人，與夫紹聖、崇觀之黨，則不可合也，學術、政事不同，而品流、趣嚮之異也。故於進退賞罰之際，申嚴勸沮，使人知所嚮。或欲混善惡於一途，則善類必沮傷；納君子小人於同域，則小人必勝：理之自然，害政之大者也。若今之政事，議論好惡、黜陟取捨固已盡善，但與臣所見偶不同耳，亦非淺陋者所能及也。此兩事之外，其他所不同者固不一，而臣亦不敢自以爲是，顧頑冥之資，執其所見而已。今措置已定，法令已行，群心退聽，習俗丕變矣。陛下儻欲采用臣言，重爲更革，則中外擾擾，何時而已？臣行年五十有三，衰疾侵尋，死亡無日，亦安能遽喪所守，俛仰從人？儻使厠迹諸儒議論之末，陛下將何所諮詢？臣亦自度無可獻之陛下者。如其遂非不悛，執迷難化，永爲棄物，不復可用，亦其分也。是以聞命而來，逡巡恐懼，屢陳辭懇，不敢但已。誠恐進對之言與時不合，奉身求退，重取慢命偃蹇之誅，非陛下疇昔顧遇，許以保全之意。況自夏及秋，足疾增劇，痛楚浮腫，有妨拜趨。臣已別具札子奏乞改除一在外宮觀外，輒敢盡布腹心，密聞於陛下。惟陛下憐之，俾臣終老山林，死無所恨。

經筵論事第二疏

　　臣已具愚見，仰瀆聖聰，尚慮所言未究所藴，重爲陛下陳之。且車駕駐蹕所在，天下之根本也。外設藩籬之固，中嚴堂陛之居，然後從中制外，運動得宜，譬之人身，有腹心，有手足，不可易置也。今捨二浙澤國險阻之區，而都建康顯敞衝要、四達交爭之地，修飭宮城，移置官府，悉庫藏金帛隨之，不鑒維揚倉卒之禍，而爲久遠安居之計，實臣所未喻也。若謂建康古帝王之宅，得形勢之利，然自堯舜、三代、秦晉而下，建都不一，各便其所宜，而未嘗相因，不聞後王之興必居前王之地也。若謂北臨淮甸，足以係中原之心，便於進取之勢，然移蹕已復半年矣，進取之計果如何？中原之人歸者幾何？響應而起者又幾何？若謂易於號令，然前此兩經捍敵，車駕進臨，鼓作士氣，諸將奮勵，承命即前。倘朝廷威令不行，駕馭無術，雖在營壘中無益也。不考利害之實，不度時措之宜，采書生之高談，按史册之故事，而先自致於顛危之地，乃曰欲圖恢復，臣竊以謂不可。

　　雖然，臣知定都建康未爲得策，而陛下苟因臣説遽議回鑾，臣亦以謂不可也。自朝廷南渡，中外臣民莫不以恢復之説獻於陛下，臣自郎官，歷臺諫，至踐宰輔，前後進計於陛下，亦以此爲先。陛下篤於孝悌，固亦未嘗不在是也。然而臣所期於陛下者，不忘恢復之念，常爲恢復之謀，仰順天心，俯鑒人事，度德量力，觀釁而動，不敢輕舉而易發也。今恢復之勢已張，恢復之名已正，凡平日獻議之人以謂恢復之功可跂而待，乃欲旋幸二浙，偷安目前，自爲退縮削弱之計，必以陛下爲不孝不悌之主，以臣爲不忠不義之人。夫不孝不悌之名固陛下不可受，而不忠不義之罪臣亦安敢當之？此議論之臣他日必不見貸者，臣所謂欲議回鑾亦不可也。蓋一動移之間，便有强弱之勢，不可遽也。嗚呼！采虚名，忘實利，張虚聲，受實禍，其利害爲如何？而浮言易動，主聽易搖，使任責者難於致力，而天下之事所以易敗而無功也。今爲陛下計，唯是委任群臣，不責近效，俾盡前日措置之策，必取今日規模之利，用副陛下孝悌之心，不難也。如臣怯懦愚暗，實不足以及此。人有能不能，前日之規模措置，臣之所能也；今日之規模措置，非臣之所能也。不强其所不能，古人所取也。今以不能之事責人以必能，其人殺身不顧也，赤族不恤也，其如國事何？進讀帷幄，雖不預國論，萬一陛下諮訪見及，臣之所言不過如此，其言非今日之宜，則其人難語以今日之責矣，然則何所用之？臣所以不避雷霆之怒，仰干斧鉞之誅，披寫血誠，控告陛下，誠不敢愉悅取容，以欺聰聽耳。伏幸察臣哀切之懇曲，垂惻隱之仁，恢廓網羅，保全腰領，投之於無用之地，臣雖死之日，猶生之年。

建康府軍兵强奪民物等狀

按：《史》，紹興七年三月帝至建康，八年二月發建康，鼎再相在七年九月。

臣聞天子所至曰幸，以其布德澤，問疾苦，號令風化，所從而出。今車駕駐蹕建康，宜其加惠斯民，使之忻戴。而軍律不嚴，郡政不舉，以强凌弱，無復紀綱。每兵數人結爲一黨，或强奪所賣之物，不還價錢，或抑令空手之人般負錢米，小不如意，毆擊隨之，冤痛之聲，聞者傷惻。將佐自以爲得志，廂界亦不敢誰何。遂使闤闠之中，日有橫逆之苦。臣嘗建言，乞令三衙廣布察視，分占地分，嚴立賞罰，及令諸軍貼差使臣，應有所犯，以次坐之。不知曾無降出，而民間之患甚於前日。今欲檢舉臣前章，早作措置，仍乞責問建康府縱容弛慢、坐視不恤之罪。或令所在火保、團頭等常切覺察，應有似此之人，即仰率衆捕捉。如敢拒捕，不以所犯重輕，並依軍法，捉事人量加激賞。如此，則奸惡小戢，而嗷嗷疲悴之民有所赴愬矣。

論水軍作賊札子

臣嘗上言府城側近往來舟船間被劫掠，乞令三衙廣布察視，分占地分，及乞諸軍貼差使臣分統其衆，應有所犯，以次坐之。後因城中軍兵强奪人物，再乞檢舉前章，仍乞詰問建康府弛慢容縱、坐視不恤之罪，臣不知曾無措置施行。今聞城外劫掠益甚，數日前權上元縣竇經、前郴州通判朱襃舟至近城，皆被劫奪，骨肉痛遭傷害，行李一掃無餘，流離異鄉，無所伸訴。然臣所知者止此，而不知者日有之，不可勝計也。皆云多是水軍作過，以其在城外得以自如，又有小舟可以出没。若將之不得其人，御之不得其術，則沿江往來，肆其患害，殊未已也。不知主將爲何人？雖諳曉水軍利害，而縱其部曲，不能鈐制，猶當責罰，使之畏懼，若其泛泛一武夫，則貶而黜之可也，別選曉軍政、能統轄者代之。仍乞指揮建康府重賞捕賊，期於必獲，寘之重典，併以坐其部轄之人，庶幾少戢，不爲江路往來之患。此細故，責在有司，不當縷縷仰瀆聖聽。若有司非人，則朝廷安可置而不問？臣是以輒言之。

奏韓世忠屯軍事宜狀

臣昨日伏蒙降出韓世忠札子，奏屯軍事宜，并世忠與臣書，及世良到臣處所説世忠之意，一聽朝廷指揮。臣見再作書與世忠，議所留人數，俟議定乃敢決留。更當招溫濟到此詳論曲折，然後施行。合具奏知。

乞辨黄鍰事紹興七年十二月十九日

臣前日伏蒙聖訓，黄鍰差除，有人論列。臣雖未見所論章疏，伏聞有買田交結之事。鎡浙人，兩年前不記何人薦引，召對改官。臣以素無雅舊，未嘗款語，亦不曾與差遣，鎡乃請宮祠而去，自後聲問相絕。所謂交結，不知指爲何人，因言者奏對，伏望陛下面叩之。如得其主名，然後再加詢究，考證有實，寘之於法，亦不足恤。萬一風聞不審，事涉疑似，使士大夫曖昧受謗，不能自明，恐非陛下愛惜人材之意。臣不欲頻留，故此奏稟，干瀆聖聰，無任皇恐戰慄之至。

又

契勘連日節假，未有言官班次，或降親筆詢問，俾令密奏，庶幾早得主名，免惑聖聽。先帝臨朝時，每因臣僚論事，或有所訓諭，往往密降御筆，臣於御史中丞陸德先家多見之。併乞睿照。

又

臣伏蒙降出李誼言章，乃是泛言結識，未必實有主名。然臣私憂過計，遽以狂瞽仰瀆聖聰，顧雖九殞不足塞責。其餘曲折，容臣別日奏稟。李誼章疏謹復進入。

請與潘良貴等職名宮觀狀 紹興八年。

按：此篇《永樂大典》不載，今從《歷代名臣奏議》增入。

臣昨日入省致齊，不當趨朝奏事。伏見親筆批諭潘良貴及常同差遣，臣以不簽書刑罰文字，兼職名未定，須俟面奏，然後施行。臣嘗謂朝廷貴在安靜，安靜則和氣蒸薰，天下自然蒙福。今幸朝多君子，無乖異之人攪擾其間，足以坐致安靜之風。而良貴天奪其魄，輕舉妄發，而常同輩又不分別曲直，隨俗毀譽，自作不靖，致此紛紛。仰惟陛下以日月之明，照臨百辟，天威神斷，曲盡事情，在臣之愚無復可議。然尚有一得之慮，欲已不能，冒犯威顏，無所逃罪。臣於此數人者，何有厚薄之異？至於進退取捨，實關國體，在臣不敢不言也。張絢、良貴皆二浙之士，與臣本無契分。常同雖嘗薦之，然自作言官，屢以語言侵臣，嘗因此懇求避位。子諲始識於種師道宣司幕中，雖戚里貴游子弟，而好學樂善，文雅有餘。平日交游議論之間，凡有補於正論，有助於善類者，未嘗不竭其誠心。士大夫以此稱子諲，而子諲亦以此受知於陛下。至如良貴、常同輩，皆子諲素相欽重者。今常同既出，張絢決不可留，是因子諲而致，此數人相繼而去，恐於子諲不甚光美，亦非其本心也。臣輒獻愚忠，願陛下少留聖慮。如子諲無罪，不當外補，或陛下不欲私潛藩之舊，即乞優與職名，處之近郡，非晚復可召用。良貴與次等職名，即與小郡；與本等職名，即與宮觀。如此，則重輕一分，而賞罰之意，天下曉然知之矣。常同、張絢且降不允指揮，俟行遣良貴等了絕，然後徐為區處，或移閑慢，或令補外，無不可者。庶幾朝廷安靜，士論厭伏，足以彰陛下包納狂直之美，而子諲去就之間亦復盡善矣。且良貴等今日之過誠不可恕，若考其平素，亦曰端良之士，儻一旦併逐，深恐子諲心懷憂鬱，益不自安，蓋其人畏義而樂善故也。臣區區愚直，豈敢懷私黨庇？如陛下不以臣言為然，即一如親筆批論，行遣未晚。然臣待罪宰輔，實不欲呶呶之徒妄議朝廷，亦所以愛惜子諲耳。不避煩瀆，重取誅譴，唯陛下深加省察，臣不勝萬幸。

乞賜岳飛親筆

臣今日得岳飛書，已定十月十九日出師。臣竊惟大軍一舉，所係非輕，臣願陛下以收復境土、拯救生靈為念，誠心默禱，克享成功。仍乞親筆賜飛，勉以盡忠體國之義，使之激勵將士，共立功名。臣已累具奏陳，乞在外宮觀，然備位大臣，不敢以中外爲間，併幸睿察。

罷政奉祠奏議 紹興九年正月十六日。

按：鼎以紹興八年十二月請祠，除醴泉觀使，任便居住。

臣昨蒙恩罷政，甫離行闕，即聞人使及境，既而得請宮祠，杜門養疾，其外事絶不相關。今月初六日伏見紹興府宣示赦書，乃知大義已定，悉如向來臨遣之旨。然臣在田里間竊聽士民之論，間有疑而憂之者，謂一旦通和之後，兵政、武備勢必少弛，萬一復有乘隙侵凌之患，倉卒何以待之？此蓋遠方之人不知朝廷自有措置，而私憂過計，妄意如此，其區區之心，有足嘉者。臣受恩最深，既老且病，永乖圖報之效，尚有納忠之愚。伏望陛下俯察輿言，重留聖意，深念前日之禍，益思善後之謀，上自聖躬，下逮庶政，兢兢業業，毋忘泛海防秋時，用以釋天下憂疑之心，圖社稷久長之計，慎終如始，永底丕平。而臣犬馬餘齡，侵尋無幾，所苦渴疾日益增加，固雖老死海隅，會有返國鄉關之日。臣不勝至願。

校勘記

〔一〕“敵”，《歷代名臣奏議》作“虜”。

〔二〕“敵騎”，《歷代名臣奏議》作“虜騎”。

〔三〕“敵騎”，《歷代名臣奏議》作“胡騎”。

〔四〕“敵騎”，《歷代名臣奏議》作“胡騎”。

〔五〕“桓州”，察下文文意，疑爲“和州”之誤。

〔六〕“强敵”，《歷代名臣奏議》作“强虜”。

〔七〕“戈”，《歷代名臣奏議》作“戎”。

〔八〕“懦懦”，《歷代名臣奏議》作“怯懦”。

〔九〕“二”，《歷代名臣奏議》作“三”。

〔一〇〕“敵”，《歷代名臣奏議》作“寇”。

〔一一〕“敵”，《歷代名臣奏議》作“賊”。

四　六

辭免知樞密院川陝宣撫處置使

　　囊封薦布，覬誠悃之上昭；綸詔寵頒，顧愚衷之未諒。輒復冒昧，終幸慈憐。中謝。伏念臣才不逮人，學非適用。偶緣際會，遂致叨逾。曾微尺寸之功，積有邱山之釁。林泉陋質，寧禈帷幄之籌；詩禮腐儒，曷奮干戈之衛？遴膺簡擢，第劇震驚。自知甚明，豈復堪於重任；人言可畏，將上累於眷私。伏望皇帝陛下，乾覆博臨，離明洞照。仰屈蓋高之聽，俯推從欲之仁。特發俞音，示曲全於終始；庶陳綿力，或未至於顛隮。

謝除知樞密院事川陝宣撫處置使

　　進登右府，深愧超逾；專任西陲，曷勝負荷？恩隆天地，懼甚冰淵。中謝。竊惟關陝之雄，壯觀萬國；巴蜀之利，霑漑九州。自古恃形勝以威華戎，列聖宿驍銳以固根本。上天畀禍，強敵興戎。萬乘遠狩於海隅，數路盡實之度外。膏腴千里，遽爲荊棘之墟；強盛百年，忍棄浮纍之辱？雖長鞭未及於馬腹，顧夕烽未靖於狼烟。經營淹歷於歲時，憂顧上勤於宵旰。載謀元帥，宜屬英才。伏念臣智術迂疏，技能寡薄。誤蒙異眷，驟越稠人。再陪帷幄之嚴，蔑有錙銖之報。位高寵厚，缾罍之器已盈；任大責深，駕蹇之力弗任。矧空言不必有實，而腐儒未嘗知兵。豈意聖明，猥加推擇。此蓋皇帝陛下焦勞圖治，寤寐進賢。思致中興之隆，灼知當務之急。眷惟西土，欲臻休息之期；庸遣邇臣，往布拊循之惠。付之以本兵之寄，假之以專閫之權。將備責於施爲，固不容於遜避。臣敢不仰遵勝算，益懋良圖。志殄仇讎，儻可伸於素願；身先士卒，敢自愛於微軀。

重修神宗皇帝實錄繳進表

按：《宋史》，紹興五年九月，鼎上重修神宗實錄。

臣聞三代而上，堯舜禹湯文武之相傳；五伯以還，秦漢魏晋隋唐之殊襲。不有經史，孰鑒興亡？故歷代官有其常，俾後世信而可攷。中謝。恭以神宗皇帝躬剛健篤實之美，稟聰明睿知之資。志大有爲，功收不宰。布諸典册，燦若日星。逮紹聖之改元，彼《日録》之來上，假名繼述，公肆詆欺。盡虛美熙寧變更之臣，反歸坐元祐謗訕之罪。用以脅持於上下，豈惟攘竊其猷爲。人不敢言，史成此禍。忠臣義士，抱懣積年。仰惟陛下肇開中興，克紹先烈。雖干戈未定，居嘗憤記史之誣；而歲月寖深，大懼失貽謀之實。載頒明詔，復俾儒臣。念兹皇祖之彌文，有待翼子之所燕。臣謬膺揆路，兼領史權。猥資僚屬之能，獲與纂修之首。朱書新録，墨本舊文。凡去取之不同，皆存留於考異。詳原私意，灼見奸言。初憂頭白之無期，不謂汗青之有日。百端牴牾，一切編摩。告功合《雅》《頌》之稱，尊王法《春秋》之旨。大君有命，銳然成不刊之書；小子何知，例以爲不急之務。允矣七閏之業，大哉萬世之謨。顧勤乙夜之觀，益見後昆之裕。油雲需雨，曾不須臾；白日青天，終難掩蔽。所有《神宗實録》二百卷并《考異》二百卷，謹繕寫成册，除已各先進五十卷外，其餘卷帙謹隨表上。

辭免實録成除特進表

愚衷自列，懼錫命之過優；聰聽未回，致俞音之尚閟。情深怵惕，罪實僭逾。中謝。竊謂簡策所傳，古今取信。惟紀事之有實，雖歷世而可知。苟或異同，固當參考。矧一朝之大典，付三館之群儒。刊正是非，發明謨列，逮更累歲，方奏成書。考其論譔之功，宜有褒嘉之異。顧兹職守，止預監修。寵數薦加，戰兢無所。伏望皇帝陛下曲回造化，俯賜照臨。推王者從欲之仁，徇匹夫難奪之志。憫危機之可懼，收渙汗以何嫌？冒犯威顔，甘俟誅譴。

謝恩數 進書辭免光禄大夫、特進，從請，賜銀絹、對衣、金帶，一子六品服。

按：《紹興正論》作三品服。

信書進御，初無是正之功；寵典薦加，卒冒分頒之賜。固辭莫遂，拜貺爲慚。中謝。伏念臣學識迂疏，材能淺陋。久玷樞機之任，適臨紬繹之司。竊惟皇祖之詒謀，昭若曜靈之垂象。雖嘗竄以私録，迄難蔽於奸言。粤稽同異之歸，具存前後之史。發揚淵懿，悉本於清衷；刊定謬誣，兼資於衆智。敢期優渥，猥及安庸。賞以勸能，顧微臣之何力；服之稱德，假賤息以奚名？此蓋伏遇皇帝陛下增賁堯文，仰繩祖武。成一王之大典，傳百世之鴻休。爰褒筆削之勤，濫被振提之末。煥身章於父子，感佩君恩；旅珍幣於家庭，實慚民力。誓期盡瘁，上答殊私。

謝史館進書回授恩例表

崇階極品，懇辭甫遂於愚誠；命服優恩，光寵復加於賤息。省循非稱，悚懼增深。中謝。伏念臣起自寒微，備嘗險阻。晚叨眷獎，浸被使令。初無臯陶可續之謨，薦承傅説交修之訓。經綸無術，曾未濟乎艱難；撰述何功，遽首蒙於渙渥。恩渝骨髓，光動階庭。静言庸違，實爲僥冒。此蓋伏遇皇帝陛下懋昭舜孝，克廣堯仁。念繼序而不忘，俾纂修之盡善。第推恩數，示勸臣鄰。臣謹當佩服詔音，益嚴師訓。日聞詩禮，敢怠於教忠？志在國家，誓圖於盡瘁。

謝生日賜牲餼表 紹興六年

垂弧既遠，方感於劬勞；賜品有加，遽霑於慶賚。荷分頒之甚腆，思稱效以彌艱。中謝。伏念臣偶玷榮求，居慚固陋。職參師律，莫施借箸之籌；位忝台司，久負作霖之命。惟期罷黜，少弭煩言。伏蒙皇帝陛下茂舉彝儀，優隆近輔。俯記始生之日，曲推乃聖之仁。錫以稻醴，申之牢醴。憐蒲柳之弱質，俾續於年齡；均庖廩之餘珍，用資於燕喜。仰銜覆育，誓罄糜捐。

謝知紹興到任 紹興六年十二月初八日除，七年正月十五日到任。

揣分求閑，宜從上印；疏恩示寵，乃辱分符。崇以祕殿之班，撫此連城之俗。朝廷密邇，閭里安閑。何所施為，自然康靖。中謝。伏念臣區區末學，蹇蹇孤忠。久煩臨照之私，竊覬糜捐之報。自塵揆路，再閱年華。亮采惠疇，未有絲毫之效；陳力就列，空驚齒髮之彫。蓋屢瀆於聰明，願少休於疾病。及茲得請，載冒殊恩。初期退奉於祠宮，稍勤香火；豈謂更優於藩翰，付以人民。矧此稽山，望隆越絕。露章傳舍，嘗稱漢吏之榮；修禊蘭亭，嘗想晉人之逸。有何勞效，獲此便安？茲蓋伏遇皇帝陛下愛厚股肱，恩隆體貌。使之出守，示無內重而外輕；借曰無功，猶恐前愚而後智。於臣進退，可見保全。臣敢不仰戴深仁，益殫晚節。宅心平易，布政中和。顧久侍於前旒，孰宣德意？但躬行於聖訓，即副民情。

謝進哲宗實錄書成除特進表

按：《筆錄》，紹興八年九月《哲宗實錄》書成，授特進。《宋史》及《紹興正論》繫六月，誤。

忱辭屢貢，方俟於俞音；溫詔薦頒，莫回於聰聽。逡巡拜命，感懼交懷。中謝。竊以特進崇階，蓋參一品之貴；實封加邑，必由三歲之祠。其間耆德風望之隆，或是將帥勛勞之著。膺此異數，乃協師言。矧信史之告成，因舊文而刊定。紬書載筆，雖閱歲時；振領提綱，曾何續效？遽叨光寵，但切戰兢。此蓋伏遇皇帝陛下仁孝生知，聰明時憲。念泰陵之繼序，辨聖烈之謗誣。累年於茲，大典克備。肆推褒錫，首及庸虛。臣固當仰體眷私，益思策勵。而久妨賢路，常懷患失之議；退奉真祠，即控辭榮之懇。尚祈天造，俯鑒物情。

謝再除紹興到任表

按：鼎以紹興八年十月除檢校少傅、奉國軍節度使，充浙東安撫大使、知紹興府。

尸榮揆路，無裨廟算之奇；假守稽山，復叨閫制之重。恪宣條詔，遹留部封。中謝。伏念臣性質頑愚，器能譾薄。少從師學，計已拙於謀身；晚被聖知，心但期於許國。兩膺枋任，四閱歲華。破朋黨之相傾，惟賢是薦；懲風俗之大弊，所見必聞。徒殫駑蹇之誠，莫效涓埃之報。臣猶自愧，人豈無辭？敢圖陳力之方，積有妨賢之畏。力求閑退，尚辱眷存。憐其心膂之近僚，付以股肱之大郡。戴恩甚懼，撫己增慚。此蓋伏遇皇帝陛下齊德乾坤，同明日月。擴勾踐養胎之義，惻昭王恤病之仁。而臣久侍清光，備觀宸斷。逮茲臨遣，得以遵承。謹當細大必躬，夙宵彌勵。庶收薄效，少答鴻私。

謝泉州到任表_{四月二十一日。}

按：鼎以紹興九年二月除知泉州。

愚誠上達，方逃會府之繁；申命中頒，復拜名藩之寵。仰銜至意，不敢終辭。亟引道以騰裝，已合符而視事。異恩山重，危涕雨零。_{中謝。}伏念臣才不適時，學非聞道。初心耿耿，誓許國以忘身；末路區區，欲庇民而尊主。適中興之昌運，荷特達之深知。顧晚節以何堪，謂樸忠而可信。間登帷幄，薦冠鈞衡。不知權變之宜，奚補艱難之際？閱時寖久，屬疾難勝。亦既就閒，再叨假守。命出九天之邃，道更千里之遙。俟駕靡遑，褰帷尻止。退循疵咎，曷稱使令？此蓋伏遇皇帝陛下志在宅中，仁深及物。駕馭英傑，肆成克復之功；體貌舊臣，重責蕃宣之效。綸言有耀，汗號莫回。臣敢不祗服訓辭，恪施條教。持身率則，革閩俗之浮夸；刻意咨詢，究海邦之利病。或少輸於報效，當繼請於便安。

泉州謝落節表

罪尤昭著，合正明刑；仁聖優容，止從寬典。恩深淪骨，涕下交頤。_{中謝。}伏念臣奮迹寒鄉，茇官遠服。羈孤寡與，進取何階。歷半生州縣之勞，分沈白首；偶千載風雲之會，遂躋華途。粵自渡江之初，首真思言之列。旋從樞筦，薦守侯藩。獨持將相之權，兩冠鈞衡之任。處人臣之極地，蔑著勞能；蹈富貴之危機，拙於周慎。叨塵既久，違繆滋多。自信直前，執迷不反。咎將安往，罰其可逃？是致煩言，併塵睿覽。即其釁戾，當永棄於窮流；保以初終，尚遠臨於民社。此蓋伏遇皇帝陛下明齊日月，德合乾坤。念犬馬之服勤，嘗叨任使；憫桑榆之迫暮，有足哀矜。用全體貌之私，併示臣鄰之勸。臣仰銜恩紀，祗服訓詞。寸髮寸膚，荷再生於洪造；一邱一壑，祈終賜於餘齡。

謝到潮州安置表

按：鼎以紹興九年十月責授清遠軍節度副使，潮州安置。

省躬知過，宜湯網之不遺；屈法施仁，荷堯雲之曲庇。徒知幸免，何以自容？中謝。伏念臣才不通方，力難任重。冒竊寵靈之久，積成釁戾之多。屢擗分以祈閑，亦蒙恩而賜可。而臣憂患踵至，羸癃日增。始抱疾以還家，即銜悲而哭子。齒髮彫瘁於感傷之後，精神昏耗於驅馳之餘。其誰爲之，無足憐者。載念百爲之俱謬，實之九死以奚逃？自信直前，安處危機之上；執迷不返，卒投罪罟之中。幸沐洪私，止流荒裔。聞命就道，寧辭險阻之備嘗；杜門省愆，更覺悔尤之自取。噬臍莫及，流涕何追！此蓋伏遇皇帝陛下天度并包，離明旁照。曲全體貌，獎勸臣工。憐臣簪履之餘，嘗叨顧遇；察臣桑榆之暮，不足誅夷。臣敢不上體不殺之仁，益勵自新之志？身留瘴海，分甘老於漁樵；目斷雲天，心永傾於葵藿。

謝到吉陽軍安置表

按：《筆錄》，紹興十四年十月移吉陽軍，十五年二月至吉陽。《宋史》及《紹興正論》繫十四年九月，誤。

一謫五年，咎將誰執；再投萬里，戚本自貽。罪大難名，恩深莫報。中謝。伏念臣起從孤遠，幸際休明。猥被眷知，叨逾寵數。既昧禍福之倚伏，不虞罪惡之貫盈，宜自省循，益疏周慎。天其或者，將必至於顛隮；臣猶知之，固難逃於譴罰。苟全要領，有愧面顏。此蓋伏遇皇帝陛下性蘊堯仁，躬行舜孝。王者之法難犯，固有刑章；聖人之德好生，終歸善貸。如臣繆戾，尚辱哀矜。白首何歸，悵餘生之無幾；丹心未泯，誓九死以不移。

忠正德文集卷五

五言古詩

己亥秋陪伯山遊中條窮盡山中之勝明年春迓王毅伯再過山下呈伯山

條山有佳色，不入俗子眼。結廬傍涑水，永與山作伴。一脚落宦遊，坐嘆千里遠。長恐山靈檄，重令猿鶴怨。竭來河之湄，用意固不淺。擬從水石行，稍釋烟霞戀。而於闤闠中，舉首即相見。相看猶有情，不改舊顏面。自憐非故吾，撫心祇愧赧。唯公絶俗姿，體道任舒卷。笑揖浮邱伯，雙鳧脱羈絆。步武招我陪，放歌容我亂。窅窕空翠間，風馭躡雲棧。山亦爲君容，景態互明焕。別去今幾時，兹遊倏飛電。所思在巖壑，欲往不得便。此身被官縛，事迫胡可緩？東風漲邊塵，羸馬注長坂。崎曲餘百里，盡日期往返。問途策而前，不復微吟款。向來經行處，猶作生綃展。悵念捫蘿手，去斂趨庭板。忽放微雲開，顧我一笑筅。出没高樹端，退避還偃蹇。俗駕良已非，塵容更增靦。解鞍迫昏暮，假榻愬疲懶。夜夢五老人，詰訴不容辨。局促將安之，勇退在能斷。利害甚白黑，胡爲兩交戰。語已去飄忽，欲留不可挽。那知有志士，居以貧爲患。求田亦本謀，他日當能辦。伏櫪馬告勞，投林鳥知倦。歲時耕耨餘，食息桑榆暖。優游聊卒歲，誰復議樗散。却坐涑水傍，適我結廬願。

陪王毅伯遊柏梯寺次毅伯韵

伊昔耐辱人，<small>司空表聖自號耐辱居士。</small>誅茅此山谷。愛閑如愛官，食薇如食肉。酌泉吸山光，清泠飽空腹。故居今宛然，修篁蔽山麓。我亦困塵籠，暮年思退縮。道人梯柏處，夢想長在目。崎嶇乃夙心，寧問隘車轂？危蹬亂水石，悲風號竹木。款步轉嶔岈，舉頭蒙樸薮。徑欲走其顛，仰羨孤飛鶩。層峰擁戶來，何啻三十六。幽人豈知此，相對一茅屋。真成拓異境，不勝無遺鏃。夜枕却生寒，尚煩杯酒燠。清夢那得長，魚鼓驚晨粥。五老曉相迎，霧雨如盥沐。引我眺北嶺，坐覺天宇蹙。朝日涌地低，明霞疑可掬。欲留采黃精，愧此鬢髮禿。正恐泛槎星，已見君平卜。

次　韵

平生隱遁資，白駒在空谷。儻令眼有山，寧問食無肉？要當挹爽氣，滌此勤書腹。得官大河濱，枕帶首陽麓。如聞五老勝，坐使山峰縮。捫蘿上巉絕，作意快心目。却視宇宙間，萬化轉一轂。道人真有道，直上駕危木。神光秘巖隈，靈草蒙樸薮。空令蓮社子，紛擾亂梟鶩。先生志高古，真遊窮六六。飄然清夜夢，時到山頭屋。念此感塵迹，一往如飛鏃。哦詩示觀覽，律呂回春燠。作字紀經行，典刑餘食粥。使我蒙鄙心，蓬首加櫛沐。致我外塵垢，益嘆生理蹙。夜漱落箭泉，明月冷盈掬。朝飯過靈峰，何憚屐齒禿？兹焉畢餘齡，更無疑可卜。

再次韵

蒼顏五老人，潛此十里谷。孤標面有稜，瘦骨飢無肉。手揮雲霧開，絕澗坦其腹。乃知奇偉狀，未省出山麓。窮幽偶見之，欲遁不及縮。亦憐麋鹿資，笑睨回青目。政欲挽渠衣，未應回我戤。却顧巖壑底，鬱鬱聳喬木。尚茲遺棟梁，況乃問樸蕪。我亦脫網羅，江湖漾孤鶩。念此難折腰，本無蘇印六。何意從公遊，大嚼渠渠屋。公仍爲銷寫，妙語矜破鏃。一看雲臥冷，固鄙權門燠。懸知飯藜羹，不換咄嗟粥。笑我漫彈冠，短髮不勝沐。真恐緣壁枯，莫作蝸行㢝。但當茸詩業，萬象入吾掬。要與麯生狂，一掃中書禿。此計是耶非，更擬從公卜。

王官谷夜歸次伯山韵

讀公出谷詩，語峻有骨肋。使我兩目明，燭籠照昏黑。欲和輒復已，夜漏下幾刻。

出郭次伯山韵

道心日和平，向人絕城府。雅意在泉石，外物等泥土。終尋勾漏公，丹砂養龍虎。

欲遊静林不果

林泉共一山，欲往不得暇。我不如陶生，日到遠公社。安得縮地術，坐我雲門下。

翠微閣

秋山插半空，山半倚危閣。游子山下行，秦川正搖落。日暮天宇寬，西風卷雲幕。

南　泉

陰液淪山顛，天匠鑿其腹。噴薄涌飛泉，散落珠百斛。幽人時一來，但愛消煩溽。何當作膏雨，萬里蒙霖霂。

還城次必强韵

俗駕不可留，歸途無乃遽。未飽愛山心，復踏還城路。今彼城中人，朝暮催鍾鼓。

獨樂園夜飲梅花下再賦

我有一樽酒，爲君消百憂。當春梅盛發，去作花間遊。嫦娥從東來，愛此亦遲留。便欲買花去，玉玦戀枝頭。花動月光亂，月移花影留。橫斜滿杯盤，酒面香浮浮。舉觴吸明月，與花相勸酬。君若不盡飲，恐爲花月羞。緬想李太白，對酒無朋儔。當時明月下，還有此花不？

次韵酬贈元長少卿

夫子禀家學，玉德潤無色。搢紳先生間，早歲聲籍籍。晚乃落筌蹄，雲空鳥滅迹。功名翰墨場，一笑兒時劇。

寄贈向叔美二首

夫子冰玉質，未肯污膏粱。坐此困州縣，一飽猶皇皇。懷才幾時用，鬢髮行老蒼。今世無伯樂，不識真乘黄。

結交恨不早，天意非人謀。論文一樽酒，邂逅古虞州。我嘗評其人，請從前輩求。紛紛此薄俗，定將誰與儔？

夢覺一首時將解安邑赴調

明月入破窗，一室炯如曉。幽人睡易驚，遥夜正寒悄。自緣懷抱惡，安得夢寐好。推枕憫不樂，念念墮空杳。所思天一涯，忽忽令人老。老境足悲傷，窮愁更縈繞。嗟余竟奚爲，濫爲策名早。漫浪戲一官，不覺成潦倒。況此百日中，隨分接紛擾。跧如轅下駒，孤甚沙洲鳥。未妨公事多，但使癡兒了。州縣定勞人，侏儒尚能飽。毋作腐鼠嚇，要同牛驥皂。更憐愛酒陶，未免空囊趙。去矣莫留行，崢嶸歲云杪。三宿戀桑下，千載歸華表。更堪無定居，驚颻轉蓬葆。臥聞南飛鵲，悲鳴樹三遶。念爾將安之，天闊風霜渺。不如刷勁翮，去躡鴻鵠矯。

龜山寺詩

夕照銜半壁，烟霏淡橫練。呼風掛帆席，晚著淮東岸。波流蕩伏龜，山脚插秋漢。白塔欻飛動，紺宇鎖華煥。小閣候潮平，微徑依山轉。雲林杳靄間，歷歷皆奇觀。十年客京洛，每抱轅駒嘆。何意頓蕭然，朝來舟出汴。眼界霄壤分，骨相仙凡換。鱸從秋後肥，米到淮南賤。幸脱兵火餘，苦爲塵網絆。滄海寄餘齡，去此不難辦。招邀謫仙人，騎鯨遊汗漫。

儀真宮玉清昭應宮成鑄聖像於此

樓觀俯長江，竹樹蔽修嶺。入門却立驚，清曠非人境。福地包形勝，真儀入範鎔。護持國祚永，報貺年穀豐。蓬萊杳莫尋，弱水三萬里。我欲試丹訣，誅茅或在此。神仙可學否？要且扶頹齡。生當兵火日，飄泊安得寧？愛之不可留，弛擔休信宿。白鶴唳石壇，香烟遶雲屋。夜久萬籟息，松風度玉琴。瀟然不能寢，相伴一哀吟。

舟行著淺夜泊中流

雪漲秦淮水，春生白鷺洲。洲前棹歌發，送此一葉舟。轉柂起帆席，快甚誰能收。舟師拙於事，遂作中灘留。支撐莫動搖，喘汗徒呀咻。彈繩測河道，篙竿伺潮頭。疏篷雞柵低，兀坐如拘囚。仰羨雙飛鵠，安得從之遊？日落暮雲碧，波光澹如秋。四顧渺無極，黯黯令人愁。黑風卷半夜，大浪掀中流。傲兀不能寢，取酒聊相酬。人生天地間，大海一浮漚。風水審如此，蛟龍應見求。未脫干戈地，敢爲身世謀？醉酣還就枕，吾已信沉浮。

吳帝廟

阿瞞鬼之雄，掌握弄神器。孫劉相繼踵，分爭足鼎峙。支吾僅自保，終作降囚系。智力非不如，亦各論其地。吾聞隆準公，幾爲强楚斃。轉粟收散兵，正賴關中勢。中原乃腹心，四肢吾所制。英雄建立初，豈但夸一世？處之或不然，果非長久計。古人今復生，此論無以異。

泊震澤道中步游善宥寺觀芍藥
回舟中小飲用范四韵

非才與時背，空手行路難。朱門極嚴冷，仰首不可干。初欲效寸進，挽舟八節灘。雅意同心人，贈之雲錦端。雖云食破硯，渴擬回狂瀾。胸次竟莫吐，千丈虹蜺蟠。誰復議行藏，浩歌空倚欄。南來寄疏蓬，蝦菜豈所歡？尋幽偶一笑，芳葩發奇觀。念爾托根遠，香色不易完。姓名逋客晦，風味書生酸。作詩慰流落，激烈窮雕頑。愁人多苦語，步遠吟且看。歸懷止悁結，賴此杯酒寬。忽忽時歲邁，凄凄風雨殘。曷當三徑歸，暫卜一枝安？寵辱何定物，向來心已闌。

過平望趨吳興阻風遊殊勝寺用益謙韵

羃羃疏雨歇，冷冷晚風清。扁舟泊清淺，落日涵空明。門臨稻畦没，水浸莎岸平。欠伸得寬曠，杖屨喜微行。招提掩深靚，房户開斜横。紛紛諸衲子，尚作迎送情。神武行掛冠，吳市今變名。及聞名理談，頓覺肝膽傾。凡籠了無著，古佛當自成。已復外身世，何者爲官榮？同遊有亞父，早定登壇盟。歸來不受賞，慨慷羞論兵。閭閻取封侯，健兒勝書生。因之發深省，種種鴻毛輕。

過子陵灘題僧舍壁

山水莽回互，轉昕圖畫間。念此清絕地，昔人所盤旋。舟子相嘆嗟，示余子陵灘。有臺出山半，藤蘿蒙蘚斑。緬想建武功，用人及茅菅。躐取汝穎士，列宿樞極環。中有貧賤交，客星犯帝關。其能榮辱之，但及平生歡。志願乃有在，歸歟一漁竿。高風邈千載，獨立誰躋攀？山僧本何知，結屋臨清灣。笑謂舟中客，何爲爭嶮艱。權門有遺啄，造請無寒暄。囁嚅到童僕，俛仰慚衣冠。所得諒幾何，靦汗流面顏。偃鼠不過飽，鷦鷯亦求安。子能了此義，分子一席閑。

奉送呂若谷縣丞任蒲東歸五首

著鞭愧後發，挾矢爭先登。肯顧危機在，尚以智力矜。曷不往試之，投足還兢凌。寄謝婁羅兒，老矣病未能。

三年巽亭上，看盡洛中山。山亦爲君好，朝昏圖畫間。那知張季鷹，高興不可攀。忽見秋風起，東隨洛水還。

巽也幕府舊，聰問叔巽。阿升交分深。丕問季升。與君均骨肉，況乃相知心。遽復捨我去，倍覺傷離衿。高亭東望眼，從此費登臨。

夫子有高趣，一官聊爾耳。獨騎破虎轔，憔悴洛城裏。緬想文穆公，青嵩照伊水。百年風烈在，須公一振起。

忽忽歲華暮，悠悠心事違。此行元自懶，前計頗知非。公有酒堪隱，我無田可歸。月明枝未穩，誰念鵲孤飛。

真率會諸公有詩輒次其韵

山林與鍾鼎，出處無異趣。芻豢等藜藿，同是一厭飫。此心無適莫，外物曾何忤？奚獨淡交遊，未肯厮紈袴。故尋漫浪人，要作尋常聚。主既不速客，客亦隨即赴。傾談劇懸河，瀉酒快流霤。百年人醉醒，萬物皆僑寓。云何造請門，日滿戶外屨。却想耆英遊，風流甚寒素。淡然文字歡，一笑腥膻慕。我亦蹭蹬餘，早向危機悟。絶意駕鷺行，幸此松蘿附。君詩妙鋪寫，縱橫俱中度。我老學荒廢，一詞不能措。獨於樽酒間，不惜淋漓污。何當賦歸歟，去斂頭角露？家有鷹門兒，稍能隨指顧。鷄黍林下期，視此猶應屢。有興即放言，安能限章句？

寄金陵諸幼

去年都城開，南下相繼踵。我亦具扁舟，携汝百指衆。汝寧爲我累，我獨於汝重。今而暫相遠，愁亦慮汝共。因人問在否，未語先悸恐。淚下復吞聲，寢愕不成夢。倘有相見期，勿復藉官俸。一飽不求餘，去辦南山種。

七言古詩

乙巳二月初八日集獨樂園夜飲梅花下會者宋退翁胡明仲馬世甫張與之王子與林秀才及余凡七人以炯如流水涵青蘋爲韵賦詩分得流字

孟公飲狂車轄投，不適遂與俗沉浮。謫仙醉吟驚冕旒，氣侮

權倖無悔尤，不如淵明此意俱悠悠，飄然不繫之虛舟。偃蹇不從
刺史遊，遇酒或能道上留。介不爲高通不偷，亦知出處非人謀。
人生一世罹百憂，驚風變滅波上漚。胡爲滯此胸中愁？聖賢清濁
皆友儔。九老前塵邈難求，七交高躅或可侔。百年典刑今在不？
振起此風須此流。亭亭玉立郡督郵，文采秀發中甚遒。絳帳先生
兩清修，和音相答鳴琳球。靖居之孫髻而修，昂藏野鶴橫高秋。
林生風度和且柔，抗論直欲輕王侯。河南遊刃無全牛，弟兄傳家
才術優。老成不堪冠屢囚，人憐拙甚營巢鳩。羈窮動輒遭寇讎，
但欲縮首眠黃紬。何意獨蒙公等收，歡然一笑回青眸。空囊未分
一錢羞，典衣猶得事勸酬。南州竹樹相庇庥，步隨流水尋清幽。
尚嫌白日多喧啾，少待月出東南陬。黃梅一株香颼飀，青蘋浮水
涵春洲。那知落雪紛滿頭，但覺香露沾衣裘。一醻百罰寧論籌，
嗚嗚自作秦人謳。快談慨慷雜嘲啾，凜如武庫森戈矛。天地萬物
窮雕鎪，往往出語奈何劉。却視萬物皆蚍蜉，便擬騎鯨跨九州。
誰能疊麴築糟邱，所願酒泉生酒甌，此生痛飲無罷休。

次韵退翁遊北山之什

孤雲天末山數峰，峰頭隱隱銜烏龍。遙臨北嶺望故國，行歌
負販舟車通。時當高秋雨霜後，木葉紛亂號悲風。聲華一夢水流
去，名迹千古山爭穿。津橋烟草闕雙嶠，馳道莓苔門九重。鳴鸞
飆馭杳何許，蓬萊頂上雲濛濛。徒驚朝市屢更變，遑問邱壠多英
雄。鼎湖龍去自不返，非烟長鎖琉璃宮。當年真聖受天命，香生
菡萏祥光紅。宮前父老尚能說，顧瞻遺宇悲涕中。橋山松柏閟弓
劍，有時寶氣飛長虹。今主紹述更神武，回眸一視雲烟空。請封
章疏幾時上，振躞行聞來自東。功成亦念創基業，從此不復言兵
戎。我生多難傷暌離，茫然却顧當何歸？伏轅不作馬思奮，塌翼
應憐鳥倦飛。臨風且共一杯酒，要看酒面吹瀾漪。不須遐想念今

昔，吾廬好在尋歸期。

雪中獨坐退翁索詩

東風解放狂花飛，何乃尚容寒作威。了無賓客共携酒，更有人家來索詩。天高雲漏不遮月，皎潔上下同澄輝。亭前有樹高百尺，爲借驚鳥安一枝。

戊申正月行在參吏部示諸幼

秋風鼓棹長蘆渡，吾與若曹俱豁然。脫迹干戈玩清絶，收身溝壑厭肥鮮。折腰爲米豈所願？賣劍買牛端可賢。韓公雅欲却窮鬼，趙壹其如無一錢。罷官清坐乃吾分，號寒啼饑誰汝憐？政緣茲事藉升斗，使我不得休林泉。日下揚州行在所，寸長片善希陶甄。汗衣塵帽門户底，包羞忍耻王公前。此行寧復作此態，疇昔相知吏部銓。謹嚴資格可馴致，雖甚不才無棄捐。我已投誠永結好，相從綠髮至華顛。矧復鴛鷺滿臺閣，功名合在中興年。縮頭袖手正應爾，敢問祖生先著鞭？

京師次韵邵澤民憶擬江梅花

憶並條山訪雲屋，渡水凉飆散芬馥。一枝璀璨端可人，步遶微吟揩病目。作意題詩向我夸，只今窗户知誰家。伶俜瘦馬京塵惡，障面羞看檐上花。

役所寒食即事

疲民正苦淘泥沙，彼何人兮怒且譁。麁狂不肯道姓字，呼前醉態猶欹斜。自言寒食身無事，快意欲嚼遑恤他。羈愁我自感節物，遣去不問徒咨嗟。

余去秋七月登舟逮此一年矣六月晦日午睡覺聞兒女輩相謂曰明朝又是秋風起推枕悵然走筆記之

流萍斷梗飛花委，四海茫然無定止。古今本是一郵傳，況乃其中悲轉徙。秦淮霜葉亂楓林，苕霅春風泛蘋芷。薄酒時時伴兒女，疏篷處處愁烟水。故鄉知是幾長亭，眼暗相望越千里。悵念征鴻一紙書，明朝江上秋風起。

泊桐廬縣合江亭下昔有得道之士不知姓名結廬山間手植桐數本因謂之桐君縣亦以此得名是日雨

桐廬縣前江合流，合江亭下多客舟。紅樓參差出木末，小市宛轉依巖陬。桐君手植碧桐樹，歲歲春風柯葉柔。白雲一去鳳不至，暮雨丁零生客愁。

舟中呈耿元直

念昔一笑相逢初，我時尚少君壯夫。十年再見輦轂下，我鬢斕斑君白鬚。落魄朋遊嗟我在，艱難兵火與君俱。酬恩未擬填溝壑，強顏忍復陪簪裾？浩然胡不徑投劾？老矣難堪歸荷鋤。田園壙壟亂戎馬，是身是處長羈孤。解維汴岸一篙水，小舟漂兀如鷖鳧。對床推枕坐嘆息，此行未肯悲窮途。胸中炯炯時一吐，與生俱坐寧籧除。只今雲臺羅俊彥，鄙賤老醜憎樸疏。躍馬食肉付公等，浮家泛宅真吾徒。與君轉柂從此逝，秋風萬里吹江湖。

閱陶集偶有所感

彭澤縣令八十日，束帶恥爲升斗污。二十四考中書令，端委廟堂揮不去。兩公於此固無心，鍾鼎山林隨所寓。慎勿蹉跎兩失之，歲晚要尋栖息處。

謝人惠麥穗

愚軒臥病空瓶儲，市米不得如求珠。鄰翁饋麥穗盈筥，或揉或簸喧庭除。磨雷隱隱破霜瓣，家童執爨烟生厨。須臾粥成勸我食，齊眉舉案煩妻孥。病餘聊復潤喉吻，軟滑盈盈如膏酥。宛然長粳欲爭長，加以白豆爲參輿。童兒作饕若不足，老夫大笑爲有餘。虎頭食肉非不美，回視利害爲何如。平生不耕啖此物，壠頭汗滴慚耕夫。淡中有味足養福，爲君努力餐一盂。

五言律詩五排附

車駕還汴

孝感天心格，憂勤國步艱。賈生休賦鵬，貢禹欲彈冠。白髮他鄉客，清尊此夕歡。如聞京兆尹，拜表請回鑾。

圍城次退翁韻

甲馬分諸道，舟車會此都。前王端有意，異世肯同途。人物風流盡，公私府庫虛。百年餘故老，相遇涕漣如。

將歸先寄諸幼

擾擾干戈地，懸懸父子情。人間正多故，身外復何營？我已忘官寵，兒須辦力耕。歸家休歇處，團坐話無生。

還家示諸幼

避地重遭亂，還家幸再生。一身今見汝，寸禄敢留情？更恐死生隔，渾疑夢寐驚。吾今猶有愧，未遂鹿門耕。

還　家

但切思家念，那知行路難。杯盤無作具，菽水自加餐。竹老風聲勁，山深夜氣寒。肯教孤枕夢，容易到長安？

馬靖國後軒

性静交遊少，身閒日月長。忘言千句偈，宴坐一爐香。世有流離苦，人趨聲利場。此間亦何事？高卧傲羲皇。

蒲中次韵提舉趙正之秦亭唱和五首

雲端貝闕見，黿負海山來。瑞氣元非霧，天風不染埃。頒常八柱建，象魏五門開。肯構經營念，貽謀丕顯哉。

丁丁谷聲響，泛泛棹歌來。净港時吹浪，中流或起埃。亦知從地出，幾若鑿山開。帝室須梁棟，斯功當念哉。

隴樹迎人去，關雲逐馬來。凄風摇白草，落日蔽黃埃。仗節身方遠，逢山眼暫開。却臨分水處，蜀道賦高哉。

要作哦詩伴，何妨結駟來。瓊林有餘韵，水檻絶纖埃。醉膽江山闊，吟毫花草開。只應聞雁夜，夢枕思悠哉。

追隨六郡子，深入塞雲來。關路春飛雪，沙場夜漲埃。戲圍千騎獵，笑挽六鈞開。歷歷經遊處，初心已矣哉。

再到蒲中遊穆氏園

懷感花無數，其時春正深。如今重對酒，感舊獨傷心。山鳥
那知此，向人猶好音。東城多樂事，疇昔共幽尋。

贈普照監院陝人也

飄泊嗟何往？歸來恨莫從。師猶作秦語，我已效吳儂。水淺
長河浪，山低太華峰。幾時携手去，南北本同宗。

六合縣相僧

門外江南道，瀟然誰與同？禪心達生死，道眼識窮通。聊爲
機緣起，懸起色相空。有人真勇退，不到急流中。

中秋呈元長

江上中秋月，天邊白髮翁。一輪還自滿，千里共誰同？擾擾
干戈後，栖栖羈旅中。持杯那復問，一醉百分空。

誰作清光伴？瀟然屬兩翁。他鄉多病後，竟夕一樽同。孤杵
征衣淚，寒沙戰角風。何由遂心賞，幽思渺秋空。

中秋醉後

顧影不成舞，披襟欲御風。人憐經歲別，月與舊時同。鶴警
露華白，魚潛水鑑空。舉杯還徑醉，歸夢廣寒宮。

九日置酒坐上呈元長

未厭山林僻，那知節序遷。高閑愛重九，安健又今年。物外

無韁鎖，樽中有聖賢。黃花自衰晚，勿復笑華顛。

毗陵道中

烟水毗陵道，光涵落月空。夢魂塵壒外，眼界畫圖中。舟漾安期鯉，帆飛御寇風。鑑湖如可乞，歸老浙江東。

登蘭溪亭

帆落溪風轉，山明霧雨收。登臨本乘興，惝恍却生愁。獨雁竟安往，潛魚不可求。何年定歸計，復此過扁舟？

左馮翊寄東鎮張致一兼簡聞喜親舊

一官馮翊郡，爲況定如何？水似古桐苦，風如東鎮多。幽心迷簿嶺，斷夢阻關河。賴有清樽酒，時時一醉歌。

次韵富季申寄示

相期念疇昔，道在敢憂貧。分手便千里，論心復幾人？微詞動招謗，爛醉可藏身。第恐先求舊，黃麻起世臣。

次韵富季申雪中即事時聞北敵起兵京師戒嚴二首

東風花萬點，落我酒杯間。欲和郢中曲，先頹坐上山。威稜徒料峭，生意自爛斑。誰是淮西將，提兵夜斬關？

無才居客右，孤坐一窗間。夢到廣寒殿，人來姑射山。舞低明佩冷，妝罷落花斑。便欲凌風去，天門隔九關。

後數日雪再作

三見江南白，端來伴酒樽。作寒催歲暮，流潤厭冬溫。雲臥山容濕，天低水氣昏。東風猶有信，昨夜到前村。

發杭州有訝太遽者

未著絕交論，但歌招隱詩。人間審如此，身外復奚疑？喪亂物情薄，奔馳智力疲。溪山有佳處，投老更何之？

東軒即事二首

投閑非避世，導引學修真。物外元無事，壺中別有春。水聲清夢寢，山色上衣巾。已矣將安往，鄉關渺戰塵。

原憲貧非病，淵明懶是真。詩留百年債，酒占四時春。泉石高涼地，祠官自在身。叨蒙有如此，何以效涓塵？

聞有長沙之命

安土無南北，論情皆弟兄。休尋卓庵處，要便打包行。萍迹雖無定，葵心終有傾。相望得安健，有使即傳聲。

泊小金山覺渡寺僧言建德知縣
桐廬知縣婺州教授皆被召

敢嘆邊気熾，今聞公道開。中原非世事，南國自人材。朱履羞彈鋏，黃金謾築臺。天涯轉蓬恨，何地賦歸來？

登舟示邢子友

盡室嗟何往，窮年浪自悲。才疏身潦倒，地遠迹孤危。風雨

江南岸，豺狼天一涯。畏途端可憫，薄宦竟奚爲？已失田園計，
難忘升斗資。毋煩俗子問，有愧達人嗤。病馬思春草，驚烏遶夜
枝。登舟一長嘆，此意只君知。

聞郭瑾懷甫除郎<small>開封司倉</small>

至治本無爲，何曾帝力知。人惟求俊彥，天畀濟艱危。鼎席尊
黃髮，星郎用白眉。鋒芒森武庫，律呂奏咸池。海內想風采，朝中
增羽儀。餘光被草木，盛事播聲詩。感會唯千載，飛騰各一時。著
鞭今更懶，投劾去奚疑？亦有乘軒戀，其如續脛悲。銜蘆聊避弋，
遶樹未安枝。念舊多生死，思鄉久別離。自餘復何道，湖海是歸期。

七言律詩<small>七排附</small>

秋試鎖宿府學

悄無人語到高堂，爽氣侵凌枕簟涼。木葉彫風秋瑟瑟，檐花
流雨夜浪浪。燈明疏幔孤光暗，蛩咽空堦怨緒長。心願無期清夢
斷，一爐沉水自焚香。

登第示同年

氤氲和氣鳳城春，正是英豪得志辰。雨露九重均造化，丹青
千字富經綸。古來將相皆由此，今見詩書不誤人。何處寒鄉少年
子，綠袍歸拜北堂親。

守官長道之岷南過馬務寨示知寨石殿直

夜關不鎖戍無兵，負販行歌樂太平。綠野牛羊新牧地，頹垣

烟草古邊城。山川自昔留形勢，基業今誰問戰爭。隴上少年多意氣，彎弓徒自詫功名。

酬贈黃倅

翰墨文章妙若神，風流談笑絕纖塵。才華最盛東西蜀，聞望相高一二人。清奪峨眉千歲雪。麗如錦水萬花春。我生不識東坡老，猶及頤庵見後身。

馮翊次韵邵子文寄贈之什

三見西風洛水秋，歸心長共水悠悠。扁舟未遂蓴鱸願，俗駕空貽猿鶴羞。可見飄零疏酒盞，更慚落魄問朋游。回頭一笑君應會，薄有田園歸去休。

夜送客至馬鳴橋

滿眼塵埃懶據鞍，暫逢清景即怡顏。月明夜水平低岸，烟淡秋林倚半山。隱退謾留他日計，居貧未放此身閑。老來愧取移文誚，會整忽忽俗駕還。

從軍滑臺

中原何自假遊魂？帷幄奇謀妙若神。沙漠宣威元有將，燕然勒頌不無人。山川流恨荒涼地，桃李無言寂寞春。炯炯孤懷竟何補，猶能狂飲吐車茵。

碌碌功名安用之？更堪心事巧相違。祇緣叔夜此生懶，更悟淵明前日非。客舍那知春色暮，東風但見柳花飛。瀟湘亭下烟波好，送我如將短艇歸。

登廓軒用王穆之秀才韵

臨高懷遠悵夷猶，放目微吟竟日留。一雁北來天杳杳，片帆東下水悠悠。雲烟慘淡關河暮，風雨凄凉觀閣秋。回首何由叫虞舜，蒼陵山色向人愁。

河南留守王大資

退卧東山自在身，幡然猶肯慰斯民。名高海内推前輩，德冠朝中號偉人。紫誥即看還舊物，黃扉終許秉鴻鈞。瑤池花有千年實，更看東風幾度春。

洛陽九日次韵縣尉是日司馬文季西歸，因以寄之。

誰遣孤標最晚芳，寒蜂冷蝶尚能狂。不禁清瘦西風緊，薄洗鉛華曉露香。照影一樽聊作伴，誅茅三徑莫相忘。他年載酒能來否？相見懸知話更長。

貧病侵尋不少寬，行藏何事更憑欄？兒曹不解市朝隱，我輩政宜文字歡。客恨向來隨處有，秋風待此著人寒。賓鴻旅燕元無定，莫把黃花取次看。

次韵縣尉

勞人州縣若爲情，蹭蹬窮途已半生。愁滿西風雙鬢白，夢回中夜寸心驚。每慚彭澤辭升斗，終合吳門變姓名。且把黃花泛杯酒，秋深蕭寺有餘清。

縣丞吕若谷置酒巽亭

凉風收雨斷晴霓，漠漠青山白鷺飛。竹樹蔽虧涵野色，樓臺滅没淡烟霏。凌波鳴珮杳何許，駕鶴吹笙殊未歸。悵念夷猶凄望眼，碧雲千里又斜暉。

荒烟蔓草接平林，景物蕭蕭秋意深。水闊山長人去遠，雲閑天淡鳥飛沉。宮前離黍他年恨，關外西風別夜心。莫倚欄干重留客，子山從此費悲吟。

再用前韵

萬里高空卷素霓，徘徊幾點暮鴉飛。波平洛浦棹歌遠，風裊宮樓香霧霏。猿鶴山中應怨別，蓴鱸秋後合思歸。此間自有江淹賦，不用桓伊恨落暉。

一枝枝自寄深林，何得翻然著意深。塞上亦知無馬失，江邊誰問有舟沉。煩君爛漫千鍾酒，慰我登臨一寸心。醉後狂歌歌更切，未應愁減越人吟。

次韵張與之登巽亭

百年遺恨了難平，只有南山不改青。橋下温波秋渺渺，樓頭霏霧晚冥冥。祥鍾福地衣冠盛，氣潤中天草木靈。那得丹青繪縑素，煩君妙語寫無形。

霜洗殘秋暮吹驚，長林蔓草斂餘青。忘機獨鳥臨清淺，避弋孤鴻入杳冥。老矣未成南畝計，歸歟空愧北山靈。獨憐亭下瀟瀟柏，能伴幽人槁木形。

洛中次韵河南令王子與觀梅

桃李叢中獨立難，自憐孤艷怯春寒。微風只解分香去，流水猶能照影看。冷落霓衣慵按舞，斕斑妝粉未勝冠。留連芳酒無嫌晚，要與涼蟾共倚欄。

定海路中觀梅

傅粉生香作意開，柔情似欲挽人回。猶憐行役忽忽去，不是尋芳得得來。姑射山頭若冰雪，謝家林下絕塵埃。空江月落東風冷，誰並孤舟一笛哀。

建隆寺詩

天上旌旗照海隅，規模想像百年餘。雷霆號令推神筆，龍虎風雲識讖書。顧盼八方平僭亂，謳歌幾世樂耕鋤。他時誰唱紛更術，不念艱難樹立初？

紅門埽役所觀河

砥柱西傾朔野寬，魚龍掀舞去漫漫。潤蒸霏霧一川暗，怒激驚風千里寒。九折勢須回故道，三山天爲障狂瀾。尋源不作乘槎計，滄海他年一釣竿。

役所寒食晚歸

永巷疏林棲鳥還，幽花蔓草慘荒烟。悄無人語寒食後，時有雨點黃昏前。孤坐何從得言笑，一樽不復論聖賢。酒酣縮首絮衾底，屋頭浩浩南風顛。

之官開封泛洛東下先寄京師故舊

滄波東下武牢關，物色人情共慘然。草檄舊傳驃騎府，浮家今在孝廉船。向來戎馬知何補，老去江湖定有緣。無限青雲著鞭處，固應分付祖生先。

暮 春

花開花謝總無心，轉首薰風綠滿林。人事不隨春事了，眼雲
空與暮雲深。錦鳩呼婦商量雨，白蟻排兵做弄陰。除却墻頭老山
色，更無佳客肯相尋。

和元長暮春

坐嘆空山落景催，幾時江上葉舟回。初無妙術留春住，強覓
餘歡傍酒來。體力寒多便故絮，齒牙衰甚怯新梅。秦川洛水繁華
事，白首天邊共此杯。

別張德遠詩

殘蟾衰柳伴牢愁，把酒悲歌汴水秋。契闊死生俱淚下，功名
富貴此心休。殺雞爲黍思前約，問舍求田愧本謀。又向春風話離
別，此生生計日悠悠。

清凉寺

數壘小山松桂幽，能令盛暑作凉秋。故宫於此有遺迹，客子
暫來生許愁。萬頃雲波朝古堞，一簑寒雨送扁舟。他年圖畫歸携
取，要使北人清兩眸。

將發泗上

客裏尋歡豈易謀，牢歌誰與散幽憂。可憐傖父雙蓬鬢，長寄
吳儂一葉舟。陶令早知今日是，庾郎能賦此生愁。殘年流蕩歸無
處，蘭芷瀟瀟江上秋。

至宿聞陸昭中病沚

偉幹亭亭嘆轍鱗，弊裘破帽厭京塵。一官耻作兒女態，扁舟

去卜漁樵鄰。他鄉未辦饘粥計，何物更能寒熱人？努力扶持飽吃飯，秋風江上正鱸蓴。

示陸昭中

執耒田園正所圖，無心重整少時書。功名常若歸難必，拙直懸知退有餘。避謗杜門賓客絕，病痰妨飲酒杯疏。平生剛笑孔文舉，老我年來百不如。

六月十三日書呈元長

心遠由來絕世紛，更尋邱壑避囂塵。門闌已覺貧無事，賓客應憐老畏人。詩不名家免招謗，酒雖作病要全身。香山千載流風在，雞黍他年早卜鄰。

用元長韵贈空老

虛懷無地著纖塵，獨鶴孤雲寄此身。琴發清彈廬阜月，詩探妙意武林春。少陵深契贊公語，惠遠能知陶令真。擾擾今誰同此趣，容車山下兩閑人。

夜　坐

寺樓鐘斷鎖長廊，誰共蕭齋一炷香。書册自能留久坐，燈花還解勸餘觴。風回絕壑沉虛籟，雨入幽林送嫩涼。老懶由來貪睡美，秋衾不怕夜初長。

泊真州閘外詩

南來繫纜楚江皋，孤客羈心正鬱陶。海氣連空山色暗，秋陰覆地水風高。屋頭冰雹敲寒雨，枕底春雷簸怒濤。一點青燈雙白鬢，可無樽酒伴離騷。

過高郵飲張才甫家作詩爲別

短棹人誰識姓名，相逢況是十年兄。江關契闊秋來恨，兵火流離別後情。高論看君揮麈柄，雄圖憐我付楸枰。酒闌月落孤舟起，便是江湖萬里行。

和鄭有功次范元長韻

憑陵風雪不相貸，逋客向來生事寒。京國回頭九關隔，江湖吊影一身單。著鞭意氣初非淺，唾手功名不作難。老矣收心定何許，蓴鱸聊饌腐儒餐。

歲晏感懷

欲雪濃雲凍不收，凄寒偏著敝貂裘。客愁有許要排逐，歲事無多難挽留。疇昔謾懷三徑約，飄零聊用一樽酬。即看瑤草光風轉，作意湖山汗漫遊。

掃蕩邊氛漸有期，此生已復嘆差池。眼中種種無聊賴，身外悠悠徒爾爲。彭澤歸來那得酒，少陵窮甚但哦詩。卑棲儻遂桑榆晚，敢並鴛鴻接羽儀。

臥病一首己酉正初

此生已復外升沉，出處由來著意深。拙甚但知閑可樂，災餘猶有病相尋。貧難調護漳濱臥，老自消除魏闕心。莊鳥鍾離各懷土，吳兒莫笑作秦音。

次韻子蒼諸公韻

亂來那復較升沉，愁極仍嗟病骨侵。雙袖龍鍾羈客淚，一樽傾倒故人心。沙寒獨雁難求侶，山近浮雲易作陰。落軫斷弦非衆聽，暮年淮海嘆知音。

再用前韻示范六

舉目山河往恨沉，吳霜一點鬢毛侵。飄零顧我非前日，慷慨唯君識此心。香散藥畦花漫漫，波侵蝶沼竹陰陰。平生載酒論文地，鴻雁歸時問信音。

將至三衢楊村道中小飲

衢江波上半帆風，散髮篷窗笑傲中。晚境但深耽酒癖，窮途猶愧作詩工。天邊壟坂三秦阻，海上山川百越通。得盡餘齡安一飽，此身何敢較西東？

長沙倅劉元舉寄示參議伯山酬唱之什因亦次韻二首

揮毫曾看妙如神，傾瀉明珠百斛珍。疇昔笑談知寡和，後來風度絕無人。應憐老矣紆朱紱，早約歸歟岸角巾。明鏡未須羞鬢髮，一樽相與永青春。

秋風澤國正鱸蓴，歸意長隨陸海珍。簿領窮年迷舊學，痏瘰千里愧斯人。袖中本是釣竿手，頭上無非漉酒巾。節物驚心勞夢寐，衢江西岸小梅春。

送張京與之宰解縣

憶嘗從事舜蒲州，把酒論文並俊遊。千古關河增義氣，一時人物最風流。飄零無復相從樂，潦倒難堪送別愁。爲我去尋山下路，疏雲流水五峰秋。

得蜀信

雲水關山恨渺茫，尺書能慰九回腸。劍南親舊知安健，陝右兵民亦奮揚。契闊十年悲故國，飄零百指滯殊鄉。何由結伴春風暖，也向襄陽下洛陽？

寒食日書事

江海飄零幾送春，飛蓬無地寄孤根。夢回南浦人千里，醉倚東風酒一樽。可是今年暗寒食，不堪多病怯黃昏。兒童自趁秋千約，花落空庭獨掩門。

清明詩

鄉書難附北歸雲，燕子猶尋舊主人。流水迢迢長念遠，飛花糝糝又傷春。向來軒冕非吾意，何處園林托此身？只有長歌一樽酒，暮年風味最情親。

和元長書懷二首

神靈久憤敵塵侵，畀付經營惜寸陰。聞道倒戈回易水，行看休戰牧桃林。寧論少壯非前日，及見升平亦本心。亂後親朋無恙否？試憑北雁寄歸音。

孤懷詎勝百憂侵，息影由來貴處陰。志謝長嘶走千里，身如倦翼返深林。雲山處處明雙目，樽酒時時洗寸心。更賴清詩爲陶寫，朱弦流水嘆遺音。

晚風定放小舟江心

蕩漾扁舟入渺瀰，一夫搖櫓疾如飛。涵空鑑影月光淡，襯地羅紋風力微。未擬然犀窮水府，猶能酹酒勸江妃。眼中清絕非人世，定使魯連何許歸？

同苗秀才楊山人登舟

本無籌策堪人用，盍掛衣冠遂物情。官職向來滋味薄，干戈經此夢魂驚。君猶極口談經義，我已無心卜死生。何必吳門變名字，烟江萬里葉舟輕。

靖安道中見梅

塵容俗狀早知非，脫迹歸來喜復悲。隴上人遙千萬里，江邊花發兩三枝。兵戈阻絕書難到，雪霰飄零雁去遲。跛馬東風一回首，落英還與淚紛披。

又泊蘭溪亭

孤帆薄暮轉清溪，空翠回環望眼迷。夢想莫知家遠近，羈遊將遍浙東西。歸來分合投閑散，老去情猶惜解携。明月深林有烏鵲，悲鳴未許一枝棲。

發四明奔昌國用韓叔夏韵呈覺民參政

曉掛危檣兩席開，孤城西望幾時回？飄搖一舸隨潮去，彷彿三山入眼來。身世從今寄雲海，親朋何在渺風埃。乘桴肆志吾安敢？就戮鯨鯢亦快哉。

過石佛洋

鳴鐃疊鼓兩山傍，曉泛回潮石佛洋。漠漠東風吹瘴霧，曈曈暖日上扶桑。如聞鶴馭來空闊，知有神洲在渺茫。何必山林啖靈藥，他年鼓枻訪東皇。

越土水淺易涸而近山無木可采故常有
薪水之憂既歸黃岡遂脫此責作詩示
同舍

經年薪水困行朝，一日歸來百念消。決決溪流鳴枕下，丁丁
谷響應山椒。小安課伐猶多事，無復移居莫見招。老矣羞爲吳市
隱，買田從此混漁樵。

丁未冬同陸昭中渡江泊秦淮稅亭之側癸丑
三月自建康移守南昌登舟顧覽即昔年繫
纜之所也時昭中亡矣感嘆存沒作詩寄黃
岡親舊

江湖南北寄飛蓬，嘆息流光俛仰中。千里月明人念遠，一年
春事水流東。驚心存沒風花轉，閱世悲歡夢境空。欲寄此情那可
盡，相逢唯有一樽同。

次張真君韵

聞君結屋臨山磵，多種黃精與紫芝。雲氣每占華蓋頂，松陰
長護玉津池。溪流盤轉近百里，山色清虛無一姿。傳得仙人新句
法，封題遙寄五言詩。

中秋夜清坐讀歐陽公《正統論》二首

稍覺清凉換穀衣，獨憐衰鬢與秋期。清樽浪作經年計，黃卷
長懷萬古悲。蛩咽幽吟愁露草，鵲翻寒影遶風枝。此生此念能忘
否？夢破蒼龍西去時。

露濯秋空灝氣生，沉沉天宇夜空明。南樓老子興不淺，赤壁

先生夢更清。小艇擬尋銀漢路，哀砧還起玉關情。何心把酒論歡賞，細字文書對短檠。

九日晚坐獨酌一杯

木落江城風露寒，坐驚芳歲逼彫殘。晚來自愛一杯暖，老去元無九日歡。擬借靈均蘭作佩，尚餘陶令菊堪餐。平生遍插茱萸處，短夢悠悠行路難。

泊舟鹽橋兒子洙輒於市買曆尾題云客裏其如日費多因取筆足成一詩

蹭蹬生涯一釣簑，東西淮海信濤波。亂來益覺人情薄，客裏其如日費多。麟閣壯圖今老矣，菟裘歸計奈貧何！越吟楚奏那能已？時倚哀彈拍棹歌。

雪中與洙輩飲

朝市邱園定孰優，要將閑適換深憂。門闌終日斷還往，父子一樽相勸酬。雲鎖山林寒悄悄，風吹雪霰暮悠悠。醉餘身世知何許，莫向東陵覓故侯。

大雪連日不已

日日愁陰慘不開，驚風和雪振窮埃。百年未省南州見，千里應隨北客來。塞馬曉悲沙上月，隴人遙恨笛中梅。獨憐寸草滋榮意，知道春從斗柄迴。

雪晴東軒獨坐

雲山回合翠重重，不放幽人遠目窮。高竹有時催凍雪，饑禽竟日咽悲風。悠悠事與本謀異，擾擾人誰此意同。却坐蒲團聊袖手，更無一語可書空。

過石門洋

平生戎馬踏塵埃，晚看滄波眼漸開。眩轉忽從千仞落，低昂時見一山來。風頭淅瀝吹成雨，枕底鏗轟怒作雷。雅欲騎鯨傲人世，吾其於此賦歸哉。

丙子夏病臥汗後

按：鼎卒於紹興十七年丁卯，逆溯丙子則年纔十二歲，不應有殘生兒女之語，疑是紹興十四年甲子之誤。

枯腸得水若通靈，溟汗周身一雨零。行客筋骸困方歇，醉人心骨喚初醒。病蟬移夢入新殼，老鶴息神梳舊翎。乞得殘生對兒女，不愁無粟貯陶瓶。

河中太守

掄才梁棟定誰須，聳拔長松第一株。今聞兄為時屬望，豐功當在帝都俞。將令異日作霖雨，暫使斯民歌袴襦。播物仁風隨扇發，向人和氣與春舒。請看嶷嶷諸郎秀，是應詵詵盛德符。廣陌乘黃將驥子，丹山威鳳帶鷦鷯。聲名最重連城寶，文采光騰照夜珠。賈誼著書驚一世，平津射策冠諸儒。傳經固自卑劉向，遺直猶資見魏薈。便向萱堂生月桂，更尋雲路種星榆。人從碧海偷桃實，客自朱門墜鳥鳧。性靜綠龜宜作伴，身輕靈壽不須扶。金波滿泛鵝兒酒，香霧爭持鵲尾爐。要識東人念公意，巖廊千載贊昌圖。

七言絶句

聽琴次退翁韵

夢尋仙子訪瀛洲，怨入春泉遶指流。酒病着人無物解，更煩一鼓爲扶頭。

正月十八日枕上

空籠疏幔曉寒清，小醉醒然不作酲。欹枕誰能尋斷夢，卧聞童子誦經聲。

山中書事

心遠身閑眼界清，瀟然回首萬緣輕。更將滿耳是非語，換作松風溪水聲。

山居次韵止老

衣巾翠濕陰陰竹，屐齒寒生步步雲。莫向清流還洗耳，世間言語不曾聞。

再用花字韵示止老二首

靈龍夜吠千年木，丹鼎光騰九轉砂。鶴馭雲軿竟何許，巖前老盡碧桃花。

尋師杳隔蓬萊水，煉藥長懷勾漏砂。聞道高人猶笑此，春風無處不開花。

次韵止老見贈

誰是縉經清净侶，毋煩杖履過前溪。不如多置葫蘆酒，直使淵明醉後歸。

老媼折山櫻一枝觀其開落

坐看餘香作雪飛，春風猶戀折來枝。何如就賞芳叢下，留到丹丸結實時？

有送生鳩者放之使去

山林是處有依棲，及此秋晴喚婦歸。隨分謀生何厭拙，莫因飲啄傍人飛。

登第西歸過甘羅廟題詩壁間

初無勳德在生靈，徒以遊談致上卿。血食官祠尚千載，男兒要自勉功名。

宿宣化鎮僧寺

收罾漁浦青裙女，出米商舡白紵郎。水小交關江上市，空山落日暮烟蒼。

齋厨冷落山頭寺，人物蕭條水上村。幾葉商船泊清淺，一星漁火照黃昏。

蒲中雜咏

安民堂

愷悌頒條坐嘯餘，自書下考拙催租。編民不解歌襦袴，鑿井耕田一事無。

吏隱堂

玉塵逍遥岸葛巾，鸞釵寶瑟奉清樽。寄聲與問鴛行舊，何似棲棲金馬門？

進思閣_{府衙}

蕭生雅意定何哉，何復留情任翦裁？但把一杯無事酒，幕中年少盡長才。

頒樂堂

堂上新音錫燕開，坐收和氣入樽罍。已應倦聽《漁陽摻》，客右不無鸚鵡才。

賞心亭

玉山頹倒莫來扶，富貴功名不讓渠。文舉平生一樽酒，若逢兒輩議才疏。

紅雲閣_{府園}

香風百步錦江秋，片斷明霞晚不收。幕府諸郎總清麗，一樽相與最風流。

名閫堂

有美東吳勝事繁，醉翁遺恨阻躋攀。只應名閫山河秀，亦在先生几案間。公嘗除知河中不到，"名閫""有美"皆以賜詩得名。

逍遥樓

元龍高興絕塵寰，笑傲乾坤眼界寬。斥鷃鵾鵬俱定分，行藏何用倚欄干？

白樓府城

寸斷吟腸奈此何，臨高懷遠足悲歌。若教盡寫凄凉意，東閣郎君語更多。

文瑞堂倅廳繪韓退之、柳子厚、司馬子長、文中子四人像。

辛苦魚蟲老著書，一生冷淡笑迂儒。何當馬上提三尺，去作凌烟大丈夫？

建安堂以茶名

瀟然一枕北窗凉，喚取樵青發嫩香。净洗西州羊炙口，要看妙語落冰霜。

必種軒

此君風度固蕭然，誰解招邀到此軒。要識維摩真面目，支離瘦骨寂無言。

河山閣 提刑司

干戈險阻恃河關，禍亂相尋一轉丸。千載太平歸有道，垟峒青海盡衣冠。

種學軒

詩書千畝浩從橫，盍歲勤勞費筆耕。紈袴儒冠定誰飽，年年妻子笑謀生。

精思軒

窮年兀兀究遺編，聖處工夫也自賢。政苦薑鹽食不足，諸生毋誚腹便便。

竹軒 行香院府官多燕集於此

笙簫聲斷一杯殘，翠袖雲鬟共倚欄。要藉餘陰清晚醉，酸寒莫作子猷看。

北閣 南衙寺前有周太祖劍甲陵，破李守正
時世宗駐軍於此，故謂之南衙北閣。

一時相見萬夫雄，蔓草荒陵劍甲空。爭戰百年無處問，高城弦管正春風。

鸛雀樓

目斷河梁有許愁，人生離合最悠悠。遙憐別夜登臨怨，不減清秋燕子樓。

披風亭

飛步臨風亦快哉，雌雄何苦賦蘭臺。只憑一弄漁舟笛，喚得涼飆渡水來。

矴齋河上張芸叟命名，如舟之下矴也。

長波浩渺拍青山，細雨蓬窗一覺眠。但向急流能暫止，從他蛟鱷怒垂涎。

臨川亭河上

卷落銀潢天漢涯，坐觀河伯勢雄誇。游人不識支機石，擬向津梁問客槎。

河西亭

波光山色兩溟濛，粉堞紅樓杳靄中。自是人間佳麗地，不須尋訪水晶宮。

行慶關

振蹕鳴鑾萬馬環，悲歌應鄙漢樓船。關頭老吏親曾見，千丈榮光夜燭天。

鐵佛寺寶山閣

波面香風落磬聲，夕陽樓殿更分明。蓬萊弱水端難到，聊與人間作化城。

李園城南李武臣累典邊郡，有伎人爲人所誘而去。

射虎將軍竟不侯，脫身鋒鏑老菟裘。柳枝折盡東風晚，閑對酴醾一醉休。

淙玉亭_{亭在栖巖寺。}

跳珠濺雪滿空巖，疏滌心靈爽氣嚴。彷彿瑶臺明月下，佩環聲在水晶簾。

逍遥亭

爵爵亭前三四松，蒼髯疑是采芝翁。歸歟莫作終南臥，無限英雄落彀中。

此君亭_{萬固寺}

飄零誰復問平安，只得幽人冷眼看。流水空山雲暮合，此君無乃太清寒？

御波亭

泠然我欲御波行，身世由來水上萍。好笑安期空狡獪，猶須赤鯉渡滄溟。

王母觀

月下何人唱步虛，如聞仙子好樓居。五雲縹緲星河閣，腸斷青鸞一紙書。

面山堂_{普救寺面山堂，郡人劉氏功德院也。劉多將帥。}

老去收身百戰場，厭聞鼓吹奏西涼。憑君剩把珠簾卷，要與青山共此觴。

涵虛閣_{城南}

鵲飛喬樹月臨波，仿佛天孫擲夜梭。卷盡纖雲風不動，却從直下看星河。

南軒 南禪寺，桂娘墓在其側。

璧月沉沉過女墻，時聞桂子落天香。三山碧海無消息，雙燕
歸飛秋色荒。

虞鄉道中菊

浥露低烟擬怨誰，凄然亦自惜餘姿。無人爲買蒲城酒，正是
柔桑葉落時。桑落酒，蒲中故事也。

和通守王元美二絕句

斷無車馬訪閑曹，背暖兒童罷抑搔。嘆息深林有蘭蕙，誰能
收拾賦離騷。

志士猶來惜寸陰，青銅那覺二毛侵。留連春色一樽酒，未必
東風識此心。

和倅車韵

斯文天意屬吾曹，技癢何由一快搔。莫撫斷弦思鳳髓，如公
便可將風騷。

高標聊復寄塵凡，此意難從俗子談。爛醉狂吟公勿怪，公猶
如此我何堪？

解池役所大風

初從蘋末轉飄搖，回薄山林勢益豪。好笑堤邊膚寸水，便能
平地作波濤。

解梁別李氏女子晚宿静林寺

滿眼西風恨別離，路逢蕭寺叩柴扉。團欒一聽無生話，更覺前謀種種非。

山下人家雞黍時，解鞍那暇拂塵衣。宦遊無況田園薄，自問此生何以歸。

森森竹樹曉生寒，病怯秋衾夢易闌。欲駕征鞍慵未起，臥聽漁鼓吼空山。

客舍重九

半月征衫困路塵，一樽芳酒謾情親。心知不是陶彭澤，只恐黃花解笑人。

揚州竹西亭

路入揚州秋草殘，竹西亭上曲欄干。而今那復聞歌吹，黃葉西風薄暮寒。

錦纜牙檣一夢愁，行人空擊木蘭舟。玉簫吹斷青樓鎖，二十四橋風月秋。

大明水

咫尺城中膏火煎，空山竹柏固蒼然。贈君杯酌清心骨，此是人間第一泉。

秋江晚渡

木落空江淡夕霏，疏篷一葉並漁磯。秋風幾許蓴鱸興，亦欲臨流喚渡歸。

雨夜不寐

西風吹雨夜瀟瀟，冷爐殘香共寂寥。要作秋江篷底睡，正宜窗外有芭蕉。

泊秦淮雪中一絕

不知門外月波寒，但覺樽前酒量寬。向道東風莫吹去，暫教楚客作花看。

次韵退翁雪中書事

營邱圖畫展霜綃，眩轉寒光鑑影搖。更待東風開夜色，月明洛水斷冰消。

纖柔醉撚小梅花，顧影嬌春玉鳳斜。不覺窗前三尺雪，夜風萬里卷龍沙。

章臺走馬最多情，不怕春衫撲粉英。半夜歸來寒夢短，瀟瀟臥聽打窗聲。

筆頭造化渺無邊，聞道春來思涌泉。定向山臺得佳句，濕雲殘雪冷侵天。

阻風回舟泊新河口飲李氏酒肆後軒

西風吹面浪如山，却并寒沙夜繫船。兩日不能離故處，人間歧路敢爭先？

八節愁聞上水灘，江流東下許艱難。青帝招我非無意，端爲疏篷夜枕寒。

滿眼豺狼兵火餘，我今那暇哭窮途。青鞋踏雪江南岸，試覓黃公舊酒壚。

泊柴家灣風物宛如北上

雨過平田隴麥青，春深桑柘暖烟生。恍如身在瀾洄曲，腸斷東風杜宇聲。

三衢多碧軒

平生愛山心不足，寸碧已復明雙眸。暮年得此幽棲地，枕上烟嵐萬叠秋。

將至常山先寄諸幼

經年遊宦嘆離群，相見提携數候門。一笑相看即無事，徑須歸辦酒盈樽。

送張京與之宰解縣

條山涑水是吾家，君去重開滿院花。邂逅故人相借問，爲言秋鬢點霜華。

長堤百里並山回，漫漫滄波鑑影開。要看天工種明玉，請君少待鹽風來。

樓遲出處略相同，握手論情一笑逢。便作他年林下約，一樽相對兩衰翁。

次明仲韵

曾謁祥曦羽蓋黃，天衣紛擾御爐香。蒙塵草莽干戈隔，坐看邊氛蔽日光。

浩浩顛風塵四合，漫漫后土水平流。無人舉手披雲霧，却放晴曦照九州。

塵沙渺渺暗城樓，心切堯雲淚欲流。慷慨一卮戲下酒，諸郎誰是舞陽侯？

一年春事到耕桑，遼絕鄉山恨渺茫。清夢不成風雨夜，更堪詩思攪饑腸？

除吏部郎題建康省中直舍壁

四海茫茫擾戰塵，豈無賢俊共經綸？可憐傖父今頭白，也作江南第二人。

役所書事用山谷《觀化》韵

武陵歸棹幾重山，回首滄波鎖暮烟。一寸愁生千萬斛，可能容易付湘弦？

東風春水湛晴天，斜日平林畫素烟。不會浮雲亦多事，又將飛雨過山前。

小圃來時春向深，酴醾猶得伴孤斟。欲留午枕夢歸去，縹緲行雲何處尋？

滿馬塵埃嘆滯留，空勞魂夢遠南州。涌金亭下烟波闊，聊作西湖一段秋。

山色於人定有緣，髻鬟眉黛巧爭妍。何當招我白雲下，坐對蒼崖百尺泉？

夜涼波面涌金霞，坐覺天香落桂華。便合泠然御風去，玉川何待七杯茶？

飛橋跨岸飲晴虹，雲散風微水月空。日日塵沙困鞍馬，暫留身在廣寒宮。

臺高山遠淡如無，愁極羈人念索居。一任東風吹鬢髮，瀟瀟蓬葆不禁梳。

風墮何能續斷弦，只憑樽酒送彫年。仙人示我長生術，除却醉鄉非洞天。

宦學平生著意深，要從黃卷古人尋。功名富貴非吾事，只有淵明會此心。

昨非今是若爲論，有愧悠悠出岫雲。老鶴乘軒本無意，何妨飲啄混雞群。

浩蕩東風卷送春，嬌鶯雛燕謾爭新。此心自有青山約，不是看花陌上人。

會鄭有功

江流變血火連天，聞道舟行相後先。今世謀身無第一，政緣夫子愛逃禪。

自越趨明上虞道中和季申梅四首

關山戎馬信音稀，腸斷無人寄一枝。沽酒西城聯騎入，上林踏雪探春時。

孤標亦自惜幽姿，折贈行人第幾枝。萬斛清愁江上雨，曾看結子欲黃時。

玉瘦香寒不自持，瀟然冷蕊暗疏枝。向來幾許閑花木，及見春光爛漫時。

天與清芬心自知，叢林深處出纖枝。發明無限春消息，正是風霜作惡時。

自四明回越宿通明堰下

短棹還隨海浪回，通明堰下小徘徊。東風吹落篷窗雨，點點春愁枕上來。

彦文携玉友見過出示致道小詩因次其韵

一壺春色玉生光，最愛霏霏透鼻香。淺醉不禁衣袖冷，幽林風雨夜蒼涼。

仙官新拜舊詞臣，林下相逢又一人。勿謂滄浪清可濯，此心原自絕纖塵。

於世無功懶據鞍，誅茅種竹老空山。不應天與靜中趣，自是人容拙者閑。

無　題

膠膠身世竟何窮，急電飛花過眼空。惟有離愁推不去，五更孤枕角聲中。

再書一絕

吳九何如黃四娘，能令詩老醉顛狂。可憐去歲花前客，戎馬塵埃兩鬢霜。

元長謁仲長彦文贈以樽酒

杖頭挑取一壺春，要使朱顏日日新。何必稽山尋賀老，風流俱是謫仙人。

范元長寄示劉野夫《滿庭芳》曲
因用其語戲呈

暮年身計酒葫蘆，定是前身劉野夫。他日爛柯山下見，儼然一部黑髭鬚。

次韵元長觀梅三首

曳杖山間自探春，雨餘梅意已清新。兵戎草草傷淪落，一醉花前有幾人？

種柳栽花舊惜春，不知春色爲誰新。年年青眼樽前客，只有寒梅是故人。

歸來醉撚一枝春，照影凉蟾過雨新。不似霸陵愁醉尉，穿雲渡水寂無人。

建康得家書寄元長觀梅詩因次其韵

東風一紙平安信，聞道黄崗春已來。傳語吴生好看客，梅花應似去年開。

枕　　上

市樓春睡厭都城，車轂喧喧枕上聲。此夜客情還冷淡，一林風露夏雞鳴。

夢　　覺

竹枕藤床一室虚，松風瑟瑟夢驚餘。破窗猶有流螢渡，老我疏慵不讀書。

老去人憐百病攻，平生感慨竟誰同？須知一點懸懸念，不在功名富貴中。

虛窗午夜月朦朧，推枕蕭然百念空。更問幽人洗心法，二年魂夢水聲中。

泊白鷺洲時辛道宗兵潰犯金陵
境上金陵守不得入

脫迹干戈幸再生，時時心折夢圍城。南來客枕能安否，更作江湖盜賊驚。

城頭傳令插軍麾，城外行人淚滿衣。處處悲風吹戰角，沙洲白鷺莫驚飛。

月滿滄江風水清，沉沉冰鑑照孤城。何人心緒猶無事，醉臥船舷一笛橫？

泊盈川步頭舟中酌酒五首

那知亂後年光促，但覺春來酒味長。炯炯新蟾照人白，恨無雙竹倩孫郎。

空籠影照琉璃滑，鴻洞聲傳鐘鼓長。便買扁舟作家宅，風流千載謝三郎。

飛揚跋扈今安取，放浪酣歌亦所長。曾醉西湖春色否？傳聲江上問諸郎。

蒼蒼烟畫千巖秀，泛泛花流一水長。會向武陵尋避世，此身已是捕魚郎。

收功不在干戈衆，和議元非計策長。聞道搜賢遍南國，要令四裔識周郎。

乙卯秋聞右相平楊么作絕句寄之

一掃湖湘氛祲消，坐令愁嘆變歌謠。何當早駕風帆下，來看錢塘八月潮？

丁酉春紹興書懷

按：鼎以紹興六年丙辰冬除知紹興，"酉"字當是"巳"字之誤。

賀監湖邊樹樹花，東風隨意作紛華。那知老守懷歸切，隴水秦雲是我家。

送張汝霖糾左馮翊六絕

風流幕府固多閑，冷落曹司絕往還。舉酒高樓誰作伴，何妨借取華州山。

平嶽亭高一望間，烟霞縹緲挹飛仙。請君直跨剛風騎，去折山頭十丈蓮。

堂前雙樹小桃枝，曾看芳英落酒巵。要識當時花下客，鬢毛衰颯病支離。

花發城南苑路迷，衫裁白紵馬如飛。月明洛水黃昏後，猶有遊人喚渡歸。

甕面浮醅玉雪光，陶巾猶帶漉時香。何當分我臘餘味，試發樽前舊態狂。

平時三輔盛他邦，白面青山意氣郎。落魄朋遊那復問，更將苦語話離腸。

病　愈

支離瘦骨怯寒侵，霧雨溟溟山更深。醫國無功還自治，暮年藥裏最關心。

獨坐東軒

雲山環合户深關，中有幽人竟日閑。好在窗前數竿竹，與君相伴老山間。

潮陽容老出游閩浙過泉南當謁
涌老禪師因寄四句偈

老矣潮州韓吏部，飢餐渴飲似當年。明明月夜長相照，莫怪無書寄大顛。

吉陽寄李泰發

海風吹浪去如飛，離母山高日出遲。此意此情誰會得，因書寫與故人知。

詩　餘

醉蓬萊 慶壽

破新正春到，五葉堯蓂，弄芳初秀。剪綵然膏，燦華筵如畫。家慶圖中，老萊堂上，競祝翁遐壽。喜氣歡容，光生玉斝，

香靆金獸。　　誰會高情，淡然聲利，一笑塵寰，萬緣何有？解
組歸來，訪漁樵朋友。華髮蒼顔，任從老去，但此情依舊。歲歲
年年，花前月下，一樽芳酒。

燕歸梁　爲人生日作

綽約彤霞降紫霄，是仙子風標。緗裙明珮響瓊瑤，散馥郁，
暗香飄。　　小春十月寒猶淺，粉〔一〕弄梅梢。秦樓風月待吹簫，
舞雙鶴，醉蟠桃。

畫堂春　春日

空籠簾影隔垂楊，夢回芳草池塘。杏花枝上蝶雙雙，春晝初
長。　　強理雲鬟臨照，暗彈粉淚沾裳。自憐容艷惜流光，無限
思量。

醉桃園　春晚

青春不與花爲主，花正開時春暮。花下醉眠休訴，看取春歸
去。　　鶯愁蝶怨春知否？欲問春歸何處。只有一樽芳醑，留得
青春住。

少年遊　山中送春

三月正當三十日，愁殺醉吟翁。可奈青春，太無情甚，歸去
苦匆匆。　　共君今夜不須睡，樽酒且從容。説與樓頭，打鐘人
道，休打五更鐘。

怨春風〔二〕　閨怨

恨〔三〕寶鑑菱花瑩，孤鸞慵照影。魚書蝶夢兩消沈，恨恨恨。
結盡丁香，瘦如楊柳，雨疏雲冷。　　宿醉厭厭病，羅巾空浥

粉。欲將遠意托湘弦，悶悶悶。香絮悠悠，畫簾悄悄，日長春困。

念奴嬌 晚興

小園曲徑，度疏林，深處幽蘭微馥。竹塢無人，雙翠羽，飛觸珊珊寒玉。更欲題詩，晚來孤興，却恐傷幽獨。不如花下，一樽芳酒相屬。　慨念故國風流，楊花春夢短，黄粱初熟。卷白千觴，須勸我，洗此胸中榮辱。醉揖南山，一聲清嘯，休把《離騷》讀。遲留歸去，月明猶掛喬木。

賀聖朝

斷霞收盡黄昏雨，梧桐[四]疏樹。簾籠不卷夜沉沉，鎖一庭風露。　天涯人遠，心期夢悄，苦長宵難度。知他窗外促織兒，有許多言語。

蝶戀花 河中作

盡日東風吹緑樹，向晚輕寒，數點催花雨。年少淒凉天付與，更堪春思縈離緒。　臨水高樓携酒處，曾倚哀弦，歌斷黄金縷。樓下水流何處去，憑欄目送蒼雲暮。

減字木蘭花 和倅車韵。倅將還闕，因以送之。

筆端紅翠，造化工夫春有意。雲夢涵胸，好去蓬山十二重。　天街追騎，催唤謫仙泥樣醉。電掃雲空，百斛明珠咳唾中。

水調歌頭 甲辰九月十五日夜，飲獨樂見山臺坐中。

屋下疏流水，屋上列青山。先生跨鶴何處，杳窕白雲閑。采

藥當年三徑，只有長松綠竹，霜吹晚蕭然。舉酒高臺上，彷彿揖
群仙。　　轉銀漢，飛寶鑑，溢清寒。金波萬頃不動，人在玉壺
寬。我唱君起舞，要把嫦娥留住，相送一杯殘。醉矣拂衣去，一
笑渺人寰。

虞美人令 送信道舅[五]先歸桐宮

魂消目斷關山路，曾送雕鞍去。而今留滯古燕京，還是一樽
芳酒送君行。　　吾廬好在條山曲，三徑應蕪沒。誅茅爲我補東
籬，會待新春殘臘也來歸。

好事近 雪中携酒過元長

春色遍天涯，寒谷未知消息。且共一樽芳酒，看東風飛
雪。　　太平遺老洞霄翁，相對兩華髮。一任醉魂飛去，訪瓊瑶
宮闕。

又次前韻

羈旅轉飛蓬，投老未知休息。却念故園春事，舞殘紅飛
雪。　　危樓高處望天涯，一抹山如髮[六]。只有舊時凉月，照
清伊雙闕。

又再次前韻

一炷鼻端香，方寸浪平風息。汲取玉池春水，點紅爐微
雪。　　年來都以酒相妨，尺退進毫髮[七]。却道醉鄉深處，是
三山神闕。

又再次前韻

烟霧鎖青冥，直上九關一息。姑射有人相挽，瑩肌膚冰

雪。　騎鯨却下大荒來，天風亂吹髮。慨念故人非是，漫塵埃城闕。

鷓鴣天 客裏逢春

客路那知歲序移，忽驚春到小桃枝。天涯海角悲涼地，記得當年全盛時。　花弄影，月流輝，水晶宮殿五雲飛。分明一覺華胥夢，回首東風淚滿衣。

望海潮 八月十五日錢塘觀潮

雙峰遥促，回瀾奔注，茫茫濺雨飛沙。霜凛劍戈，風生陣馬，如聞萬鼓齊撾。兒戲笑夫差，漫水犀强弩，一戰魚蝦。依舊群龍，怒卷銀漢下天涯。　雷驅電轍雄夸，似雲垂鵬背，雪噴鯨牙。須臾變滅，天容水色，瓊田萬頃無瑕，俗眼但驚嗟。試望中彷彿，三島烟霞。舊隱依然，幾時歸去泛靈槎？

河傳 秋夜旅懷

秋光向晚，嘆羈遊，坐見年華將換。一紙素書，擬托南來征雁，奈雪深、天更遠。東窗皓月今宵滿，淺洒芳樽，暫倩嫦娥伴。應念夜長，旅枕孤衾不暖，便莫教、清影轉。

浪淘沙 九日會飲，分得雁。

霜露日凄涼，北雁南翔，驚風吹起不成行。吊影滄波何限恨，日暮天長。　爲爾惜流光，還是重陽，故人何處觴危檣。寄我相思千點淚，直過瀟湘。

浣溪沙 送邢子友

惜別懷歸老不禁，一年春事柳陰陰。日下長安何處是，碧雲

深。　已恨梅花疏遠信，休傳桃葉怨遺音。一醉東風分手去，
兩驚心。

賀聖朝 丙辰歲生日作

花光燭影春容媚，香生和氣。紛紛兒女拜翁前，勸犀樽金
醴。家釀名，出《真誥》。　　凌烟圖畫，王侯富貴，非翁雅意。願
翁早早乞身歸，對青山沉醉。

西江月 福唐別故人

世態浮雲易變，時光飛箭難留。五年重見海東頭，只有交情
似舊。　　未盡別來深意，難堪老去離愁。青山迢遞水悠悠，明
日扁舟病酒。

洞仙歌

空山雨過，月色浮新釀。把盞無人共心賞。漫悲吟，獨自撚
斷霜鬚，還就寢，秋入孤衾漸爽。　　可憐窗外竹，不怕西風，
一夜瀟瀟弄疏響。奈此九回腸，萬斛清愁，何處邈如天樣。縱隴
水秦雲阻歸音，便不許時間〔八〕，夢中尋訪？

琴調相思令 思歸詞

歸去來，歸去來。昨夜東風吹夢回，家山安在哉？　　酒一
杯，復一杯。準擬愁懷待酒開，愁多腸九迴。

校勘記

〔一〕《得全居士詞》於"粉"前有一"妝"字。

〔二〕"怨春風"，《得全居士詞》作"怨東風"。

〔三〕"恨"，《得全居士詞》無此字。

〔四〕《得全居士詞》於"梧桐"前有一"滴"字。

〔五〕《得全居士詞》於"送信道舅"前有"馮翊"二字。

〔六〕"一抹山如髮",《得泉居士詞》作"雲海寄窮髮"。

〔七〕"尺退進毫髮",《得泉居士詞》作"進退只毫髮"。

〔八〕"間",《得全居士詞》作"閑"。

忠正德文集卷七

建炎筆録

建炎三年己酉歲

正月，車駕在維揚。是月末，金人侵宿、泗。前一月，已有南侵之報，遣苗傅以所部兵扈衞隆祐太后往杭州。

二月，車駕在維揚。初一日，急奏至，朝廷不以爲然，上獨憂之。是日遣劉正彥以所部兵從皇子、六宮往杭州，是晚出門。初二日，皇子、六宮渡江。初三日，上御殿。執政奏事未退，御前所遣探事小黄門馳騎告急，上即日出門，渡江幸浙西。十二日，車駕至杭。二十二日，某買舟泛錢塘江之衢。是月，中書侍郎朱勝非拜右僕射，翰林學士葉夢得除尚書左丞，御史中丞張澂除尚書右丞，宰相黄潛善、汪伯彥並罷。

三月，車駕在杭。是月初，葉夢得罷。初五日，苗傅、劉正彥殺簽書樞密院王淵，誅宦者，遂成明受之禍。是日，某至衢，泊舟門外浮石渡。初七日，是夜明受赦過。初十日，准尚書省札子：二月某日奉聖旨，趙某召赴都堂審察，仍令閤門引見上殿。初，車駕至杭，百官至者十無一二，有旨，都司、侍從各薦二人。右司員外郎黄概以某應詔。十一日，准尚書省札子，催赴行在所。二十八日，發衢州，趨行在所。

四月，車駕在杭州。初二日，上復辟，隆祐太后垂簾同聽政。苗傅、劉正彥皆建節，賜誓書、鐵券，充京西制置使，俾提兵而去。是日，某至杭州門外，且聞勤王兵至，乃入門。初三日，苗傅、劉正彥引兵拒韓世忠於臨平山下，世忠死戰，二賊大敗，是晚拔寨而遁。初四日，韓世忠、劉光世、張俊入〔一〕見。是日，隆祐太后卷簾。初五日，知樞密院事張浚、簽書樞密院事呂頤浩至。初六日，宣制，呂頤浩拜右僕射。初，車駕渡江，命頤浩簽書密院，充沿江制置使，控扼大江。又命中書侍郎朱勝非、禮部侍郎張浚留平江，控扼海道。勝非尋入相，浚獨留。洎明受之變，浚與統制官張俊密計勤王。議既定，以書招頤浩、劉光世，既而韓世忠自淮揚至，遂舉勤王之師。先是，浚遣進士馮轓間道入杭，貽書執政，且詰二賊以明受之事，請以上爲皇太弟，總兵北伐，皇子爲皇太侄監國。二賊始懼，乃命浚知樞密院事，趣令還闕供職。浚不至，二賊請以兵誅浚，隆祐難之，遂謫浚散官安置，浚不奉命。至是乃命頤浩作相，浚仍舊知樞密院。尋以翰林學士李邴參知政事，御史中丞鄭毅簽書樞密院。馮轓者，前此既預返正之議，自白衣一命奉議郎、工部員外郎，仍賜緋魚。十三日，某奉恩除司勛員外郎。十九日，車駕幸建康，發杭州，百司扈從齊發。遂遣韓世忠追捕苗傅、劉正彥。是月末，又以翰林學士滕康同簽書樞密院。

五月，初一日，車駕至無錫。初三日，車駕至鎮江，某始供職，百司水陸從便。初十日，某至建康。前一日車駕已至，以保寧寺爲行宮。十五日，真州報，知樞密事張浚爲高郵賊薛慶拘留。浚自鎮江徑渡，往彼撫諭，慶欲邀厚賞，故脅留之三日，乃以兵衛之而出。上初聞，憂甚，遣統制官王瓊提兵往平其事。瓊始渡江，浚已歸矣。十八日，浚歸。初得真州報，有旨罷知樞密院，既歸，仍舊。

六月，車駕在建康。初一日對。先是，以黃概薦，得旨上殿。張浚至杭，又薦對。至是，以郎官初除，合是三者，對於行宮。初三日，有旨以久雨多寒，召郎官以上赴都堂條具時政闕失，可以弭天變、收人心、召和氣者。是日，韓世忠生致苗、劉二賊，獻於行在，並伏法。十五日，浚進呈入蜀官屬，上獨留某，欲除言事官。是日有旨：趙某令上殿奏事。先是，浚被命充川陝宣撫使，議以某爲主管機宜文字，即始薦之意也。二十日，某蒙恩除左司諫。先有旨奏事，未對間，有是命。

七月，車駕在建康。初一日對。自是以言事數對，不復記。初七日，某蒙恩除殿中侍御史。是月，皇子薨。簽書樞密院鄭殼[二]薨於位，參知政事李邴罷，資政殿學士王綯除參知政事，兵部尚書周望同簽書樞密院。

八月，車駕在建康。十三日，執政率百官辭太后于内東門。先是有旨，以百司閑慢細務、常程注授之類，並從太后之洪州，謂之從衛三省樞密院。簽書樞密院滕康除資政殿學士，主行其事，吏部尚書劉珏除資政殿學士副之，恩數並同二府。

閏八月，車駕在建康。初一日，有旨召百官赴都堂，議巡幸岳鄂、吳越利害。始，張浚入蜀，議定幸岳鄂，庶幾聲援相接，至是議者多以吳越爲便，遂改前議。十三日，宣制，右僕射呂頤浩遷左僕射，知樞密院事杜充拜右僕射。充自在京留守，除知樞密院，召還。上以委寄之重，恐其意未滿，遂拜相。十四日，執政率百官迎太廟神主於清凉寺。十六日，天寧觀辭太廟神御。是日，有詔以二十六日幸浙西，留右僕射充鎮守建康，劉光世屯太平州，韓世忠屯鎮江，王瓊屯常州，並聽充節制。是時，劉、韓各提重兵，畏充嚴峻，論説紛紛。已而[三]光世移屯江州，世忠移江陰、常州境上，由是充所統者，王瓊及其舊部曲陳淬、岳飛數頭項而已。二十日，御史中丞范宗尹到臺供職。二十一日，降旨，百司及六曹、都司、檢正以二十二日先發至平江，侍從、臺諫以二十三日先發至鎮江以俟。二十三日，某登舟解纜，是夜宿靖安港中。二十八日，車駕至鎮江。

九月，車駕在鎮江。初一日，上不御殿，百司守局，以司天奏當日蝕也。是日，某先發，宿冷口。初二日，車駕發鎮江。初六日，車駕至平江。十一日，御殿，百官始朝謁。中司對，因及某自司諫除殿中之誤。上曰："吕頤浩多歷外官，不詳典故。"十二日，某蒙恩除侍御史。二十五日，降旨幸越。二十八日，百〔四〕司、侍從先發。是月，翰林學士張守除同簽書樞密院事。

十月，車駕在平江。初一日，臺諫發，大雨不可行，次日出門。初四日，車駕發平江，以同簽書樞密院周望充浙西宣撫使，置司平江，留兵數項，委以控制。初十日，車駕至杭。十五日，車駕渡錢塘江幸越。十七日，某渡錢塘，出陸宿西興，待舟不至。

十一月，車駕在越。初三日，冬至。是日，頒巡幸赦。初六日，報潭州軍變。十四日，報金人遊騎至和州，又一項由陳、蔡趨蘄、黄。十六日，報金人已渡大江，至興國軍。是日有旨，召從官赴都堂議。十九日，出城奉迎萬壽觀神御，即真宗皇帝、章惠皇后及温成皇后也。步軍閭勍自京師奉迎至。二十一日對，始至榻前，上即謂某曰："隆祐太后此月初九日已離洪之虔州矣。"二十二日，給事中汪藻、中書舍人李正民獻議，請車駕幸平江迎敵，緩急登海舟以避，從之。二十三日，黄牓幸浙西迎敵詔，士民讀之，有流涕者。二十五日，車駕進發，從官從後，節次赴行在。是夜四更得報，金人犯廣德，車駕復回。又杜充奏，二十日大戰江上，王瓊不策應，是致軍敗。二十六日，車駕還越。是夜，范宗尹除參知政事。二十八日，有旨巡幸四明。是日，雨大作，車駕出門駐城外，某同臺諫泊曹娥堰下。二十九日，御舟過曹娥堰，舟船擁併，留三日不能前，遂出陸。

十二月，初一日，車駕在餘姚路中。初四日，車駕至明州。初九日，參知至都堂問邊報。凌晨聞衛士作鬧，中軍統制辛永宗以兵入衛，少頃即定。先是，遣監察御史林之平使閩、廣發船運，至是米舟百隻至岸，朝廷以爲天賜此便。兼聞敵騎已犯建昌，且遣人傳檄邵武，遂有乘桴之計。即下令每舟一隻載衛士六十人，人不得過兩口。渠輩相謂曰：“我有父母。”或曰：“我有二子，不知所以去留。”訴於皇城司內侍陳宥，宥率衆人同稟於朝。是日，宰執入奏事，至殿門，宥迎諸公言之，衛士立砌下，人既衆，陳訴紛紛，稍出不遜語，間有斥罵者。殿帥李質挺身當立止遏之，諸公趨入殿門，遂止。事出一時，非本謀爲亂也。初十日，某蒙恩除御史中丞，日下供職。十二日，誅親從四人爲首者，餘皆分隸諸軍。明日，又誅數人，於是除衡門外，衛士盡廢。十四日，報杭州守貳而下皆遁，敵騎至城下，城中不知。十五日，雨大作。先是，某上言：“車駕倉皇遷避至明，已近旬日，未曾御殿，何以慰安中外？乞依常禮見百官衛士，以解危疑之心。”有旨，十五日御殿，依例望拜二帝。至是，百官班未入，聞杭州之報，上擐甲坐小殿，排辦出城。士大夫去者有風濤之患，留者有兵火之虞，相別殿門外，皆面無人色。是日，上登舟。十六日，御舟乘早潮發至定海。十七日，有旨差某同汪藻留明州商量軍事。前一日得報，敵遣人使入明州界，不欲令至行在，遂遣宗尹復回四明應接之，因令宗尹盡護諸將，且應報諸路文字。宗尹請某同行，及欲汪掌制撰文字也。十八日，回舟至明，奉使盧伸來自金軍，云七月同崔縱過河北，縱被留，伸隨軍前來。初渡江，杜充戰不利，差人下札子議事，意欲投降者。既至建康，充領兵而遁。所遣使即破和州所得歸朝官程暉，非其國人也。與宗尹商量，既非專使，恐不必見，遂不復見之。伸所携國書，語極不遜。二十日，聞郭仲荀退遁嵊縣。先是，車駕發越州，以仲荀充浙東宣撫副使，張俊充浙東制置使。俊既勾回，罷制使，復以李鄴爲之，仲荀遂退師。是日李迨奏，仲荀所遣錢塘江把隘兵二千餘人焚劫蕭山而去。又信州報，敵破撫州，擄知州王仲山歸洪州，需金銀來贖。乃以仲山之子爲撫倅，使之括取撫州之物。杜充所遣屬官直徽猷閣陳起宗至，云金人昨在太平州界夾沙渡對岸下寨，我爲備甚嚴，敵時以一二小舟渡江近岸，即殺退之，或沉其舟。一日正晝，對江拽陣而去，五軍旗幟一一可數。把隘兵相賀云"敵退矣"，不知其紿也。是夜，用數十舟載馬百餘匹，橫江直渡，支備不及，因致潰散。其餘敵騎，皆浮而濟，以江水極淺故也。充欲領衆歸行在，今既路阻，不能歸矣。是晚，頤浩與宗尹書云：杜在真州甚的。又得信州報，敵犯吉州境，知州楊淵而下棄城而去。二十二日，報敵騎於十八日巳時過錢塘江，在魚浦，至十九日騎渡絕，不知其數。是日，得旨發回，晚復登舟。二十三日，至定海，大風鼓浪，舟反側不定，凡三日方止。二十六日，出江口，泛海洋，趨昌國而去。晚泊一山下，得富直柔報云，李鄴報，賊使人招降越州，恐直趨四明，已定二十七日之天台矣。二十七日早，至昌國，同宗尹入見舟中。是日食時，御舟發昌國。先是，告報每聞御舟笛響，即諸舟起碇而發。御舟以紅絲緌爲號，餘各以一字，如參政即以"參"字、樞密即以"樞"字之類，書之黃旗之上，插之舟尾。二十八日，風不順。舟人云，每歲盡，海上即數日南風，謂之送年風。

建炎四年庚戌歲

正月，初一日，車駕在海道。初二日，御舟早發，過石佛洋。初三日，御舟入台州港口章安鎮。初四日，同戶部侍郎葉份，中書舍人李正民、綦密禮，太常少卿陳戩及諫議大夫富直柔同對舟中，問聖體。是時，扈從泛海者，執政之外，止此六人而已，吏部侍郎鄭望之、給事中汪藻皆未到。初六日，台州報敵犯四明。初七日，張俊人至，云十二月二十日，敵至明州十五里橋，俊發兵拒之，戰不利，正月初二日，遂至城下。俊大開城門，遣精兵用長鎗突出血戰，殺近千人，得帶鐶首領二級。是夜，敵焚寨而遁。俊恐敵濟師，乞退歸行在，且以二級來獻。初十日，聞俊已引軍趨台州。是日，聞越守李鄴投拜，又聞韓世忠奏乞留青龍鎮，以待邀擊。十三日，有旨，以知明州劉宏道充浙東安撫使，張思正充招撫使，欲其緩急得以自如也。是日，聞周望劾奏秀州太守程俱擅離任所。先是，某上言，俱文士，恐不可當繁劇，遂易處州。既而有佑之者，其事遂寢。至敵犯餘杭，朝廷乃令押米綱離州。望劾之云：“朝廷私此一人，遂失億兆之心。”士論是之。十五日，張俊至，於是扈衛軍稍振。先是，同宰執會食金鼇山寺，宗尹私謂某曰：“近日諸將姚端等進見太數，錫賚極厚，國用窘甚，見上幸一言也。”某歸草奏，徐思之，恐亦有說。後乃聞上以明州衛士紛擾，盡廢禁衛，獨中軍辛永宗有兵數千。而姚端即御營使頤浩之親兵將，其衆獨盛，所以優其禮遇，以明受爲戒也。十六日，報敵以十三日入四明。又見茶司備到仲山公文，稱金人已於十二月二十間離洪州，殺城中老小七萬餘人，由袁之潭矣。十七日，報吉州太和縣村民收得嘉國惠徽朱夫人。先是，劉珏、滕康有奏待罪，云除太后、賢妃、周夫人、莫夫人外，其餘舟船並未到。十九日，御舟發章安，夜泊松門。二十一日，御舟入溫州港。二十二日，御舟泊管市。二十三日，御舟在管頭。中書舍人李正民充隆祐太后問安使，兼兩浙等路撫諭。洪州御史臺備申，使臣尹希申，初，黃州關報金人侵犯，從衛三省移赴虔州。至吉州太和縣，統制楊惟忠後軍作亂，次日前軍作亂，一行老小並內人被敵殺害者甚衆，臺吏藍衍等十餘人皆未到。來人云，兵亂時，太后、賢妃用村夫荷轎，更無一人扈衛者。及錄到虔州三省關牒，探報撫州王仲山投拜，用天會年號，下屬邑取金銀、牛馬等。二十五日對，乞收海舟，及諭韓世忠分兵應援。因論及洪州之擾，上曰："太后僅以身免，乘輿、服御之物一皆棄盡，宮人遺失一百六十餘人。"又曰："已退黜滕康、劉珏，差李回、盧益替此二人矣。"奏事畢，將退，上乃曰："今日方欲召卿相見，即今天下事有二：敵退後如何？萬一不退，如何措置？卿可條具奏來。"是日，聞金人明州殺戮甚酷，台州一空，守臣遁入羅漢洞。是日，御舟移泊樂灣，避管頭、台州之路。二十六日，駕幸水陸寺。至是，侍從、省官稍集，班列差盛。

二月，車駕在溫州港。初一日，御舟移泊溫州江心寺下，因賜名"龍翔寺"，有小軒東向，賜名"浴日"，皆御書題額。是日，押米綱使臣蘇童至，云："過越時，李鄴已拜金人，以其家屬先過錢塘矣。"初五日，對於江心寺。初六日，聞敵〔五〕犯昌國，敵舟欲相襲，爲張公裕以大舶衝散，復回明州矣。公裕，提領海舟者也。初九日，昭懷忌，行香罷，遊天慶宮，登融成洞天福地。天慶即道士林靈素受業之地。初十日，呂頤浩在假，以熒惑犯紫微垣，侵相位，奏乞解機務。十二日，宣押頤浩入，奏事如故。是日，聞明州兵〔六〕退。十七日，車駕幸溫州城，駐蹕州治。某遷入州中陳氏之居。二十一日對，再薦吳表臣。初至溫，對江心寺，即薦溫人吳表臣、林季仲以補察官之闕。季仲奉其母避地山中未至，表臣先對。至是再言之，上極喜，曰："自渡江，閱三吳士大夫多矣，未嘗見此人物，如素宦於朝者，卿可謂知人矣。"是日批出，除監察御史，日下供職。前此，知真州向子忞言："昨離真州，盡載本州金帛過江，遂爲韓世忠兵所劫。"且言："杜充已降金人而去，麾下官員多有走回者。"至是，上謂某曰："自聞杜充之報，不食者累日，非朝廷美事也。"上又曰："非晚頒赦回鑾。"某因論數赦之弊。上曰："以四方號令不通，不得不爾。"二十四日，同直柔對，彈杜充，且奏陳乞先罷相，

後得投降的耗，當別議罪。是日，降德音，返都吴會。赦文之前
題印標目云"返都吴會之詔"，議者皆爲太遽，以未知吴中消
息也。

　　三月，車駕在温州。初四日，有旨以初十日車駕進發，某力
言其未可。初六日，有旨未行，展至月半。初九日，對，論諸所
獲生口，内契丹並燕薊及諸路簽軍皆不可殺。上曰："正與吾意
合。"十二日，浙西人皆至，云平江失守。一使臣，即周望之部
曲也，言敵騎二月二十四日至城下，周望、湯東野即日引衆遁
去。二十五日，金人突入，更無一人拒捍者，焚燒殺戮殆盡。
初，蘇人恃宣司以爲安，敵至欲遁，而舟船悉爲軍兵擄去，故無
一人得脱。又聞敵[七]以十二月十六日破杭，始入城殺人，少頃
而止。子女、玉帛取盡，乃以二月初七日下令洗城，自州門殺
人，而四隅發火，十四日始離杭，火十餘口方罷。是口，又聞知
秀州程俱爲宣司所囚。初，杭州既破，敵[八]使人移檄俱降，俱
不能決，曰"小邦不敢專"，輒即解赴宣司。又慮見襲，即遁出
州外村落間。一職官權州，遣吏追俱，復回，托以押米趨闕。尋
爲宣司勾捉而去，幾爲所斬，已而放出之，乃劾於朝也。十四
日，降旨移蹕越州。十八日，車駕詣天慶宫，朝拜九廟，執政、
從官扈從。自渡江至是，始有此禮。駕回登舟。十九日，御舟發
温州，著淺，行數里而止。二十日，御舟至管頭。二十一日，御
舟至海門。二十二日，海霧四合，少進不行。二十三日，風順，
諸船直抵章安，舟行前後不相見。是夜，御舟不至，執政船入港
復回，而餘官皆不知，但聞喝探人歌唱之聲，謂御舟在前，然喝
探人亦復不知御舟之未至也。翌日，率臺諫倉皇回舟。至港口，
迎見御舟之至，即二十四日也。云至松門着淺，舟側幾覆。泊章
安三日。二十七日，御舟發章安。二十八日，御舟泊慈濟院下。
二十九日，御舟入明州港定海縣。

四月，初一日，車駕在定海縣。初二日，御舟至明州。晚同直柔對舟中，以臺諫在章安，入奏乞同對，問聖體，至是指揮始下。殿中沈與求、司諫黎確尋舟不見。初四日，御舟至餘姚，海舶不能進，遂易小舟，仍許侍從、百司從便先發。自入定海，所過焚燒殆盡，死屍相枕藉。某至明，論奏宜有以優恤之。上覽奏，惻然動念，故有免商稅及租役之詔。仍支錢數萬，以濟貧民。留餘姚一日，以諸司易舟也。十一日，車駕至越。是月，左僕射呂頤浩罷。

後一月，某蒙恩除端明殿學士、簽書樞密院事。是年十月初，以議辛企宗建節不合，眷意稍替，由是間言得入。初，降出企宗論功札子，皆無實狀。余謂諸公曰：“企宗正任承宣，不知何以酬之，意在節旄乎。”范覺民嘆曰：“此則不可，當優與軍職耳。”

紹興二年壬子歲

十月，除知平江，時呂頤浩再相，兩辭不獲，道改知建康，充江東安撫大使。

十一月，過行闕，初對，上玉色怡然，顧勞甚至。余進曰：“建康殘破之餘，又宣督兩司屯駐大軍，皆招收群寇，上下憂疑，在今最爲艱難之地。臣之此行，或因廟堂進擬，則臣斷不敢往，敢以死請。萬一出於宸斷，臣一不復辭也。”上曰：“江東闕帥，朕曉夕思之，無以過卿者，實出朕意也。卿到官，有奏陳事，朕當自主之。”余頓首謝。

校勘記

〔一〕“入”，函海本作“出”。

〔二〕“殼”，疑當作“穀”。

〔三〕"已而"，函海本作"而已"。

〔四〕"百"，函海本作"有"。

〔五〕"敵"，函海本作"賊"。

〔六〕"兵"，函海本作"賊"。

〔七〕"敵"，函海本作"賊"。

〔八〕"敵"，函海本作"賊"。

丙辰筆錄

紹興六年丙辰歲

八月某日，下詔巡幸沿江。先是，諸路探報金與賊合謀，今秋復有南侵之意，且以調發大兵屯駐淮上。上欲前期順動，免緩急倉卒之患。議以秦檜、孟庾充留守，尋除檜萬壽觀使、充留守，庾提舉醴泉觀、同留守。以知臨安府梁汝嘉充巡幸隨軍都轉運使。百司並留臨安，常程行遣聽留司與決，所不可決者申行在所。先差兵部尚書劉大中，翰林學士朱震，翰林侍讀學士范冲，工部侍郎趙霈，中書舍人陳與義、董弅，權戶部侍郎王俣，起居郎張燾，侍御史周秘，左司諫陳公輔，右司諫王縉，左司郎中耿自求，右司員外郎徐林，檢詳王迪，太常少卿林季仲，吏部員外郎黃次山、鄭士彥，戶部員外郎周聿，比部員外郎薛徽言，太常博士黃積厚扈從，祠部郎官熊彥詩、司勛郎官王良存、秘書省正字朱敦儒以督府屬官從行。而解潛以馬軍司兼權殿前司公事，劉錡權提舉宿衛親兵，同總護衛之職。行營中護右軍統制巨師古以所部充前軍，趙密充中軍，馬軍司兵馬_{原本闕名}充後軍。以侍御史周秘御舟前彈壓，監察御史趙渙御舟後彈壓。

九月，初一日，車駕發臨安。是日，先詣上天竺燒香，爲二聖祈福，執政、從官扈從，建國乘馬行於輦後。回幸下天竺進膳，宰執賜素食。駕至靈隱北山，雲起雷震，微雨作，少頃即止。薄晚還城，登舟，泊城外北郭稅亭下。迫暮，雷電大作。是日，駕過中竺，有卒執黃旗道左，即岳侯却敵虢州，寄治盧氏縣捷奏也。至上竺，黃旗進入。岳遣將王貴、郝政、董先引兵破之，獲糧十五萬斛。初二日，發北郭亭，晚泊臨平鎮。奏事舟中，方論奏岳飛之捷。上顧謂右揆浚曰：“岳捷固可喜，但淮上諸將各據要害，雖爲必守之計，然兵家不慮勝，唯慮敗耳，萬一小有蹉跌，不知後段如何。”復顧某曰：“卿等更熟慮。”某等奉命而退。是日，微雨終日，夜大風，雨止，北風，舟行稍緩。初三日，發臨平，晚過長安閘，德遠、仲古見訪，小飲。閱王存、吳進人馬。存、進、沂中將部兵二千還臨安，聽留司使喚。進，勇於戰，常對御騎射，上稱善，曰：“一好漢。”進聞知，刺“好漢吳進”四字作褶心，每閱兵即披之示衆。夜泊崇德縣，令趙渙之對舟中。上巡幸所過，必延見守令，省風俗、問民疾苦也。初四日，發崇德，晚泊皁林，風稍止。兩浙漕臣張澄札子，以御舟比舊稍高，所過橋梁多礙，時暫拆去，利害甚小。准平江府水門，亦當少拆駐蹕，城闉所繫，恐不應輕毀。其札子進入，得旨：水門外進輦入城，更不拆門。初五日，發皁林店，晚泊秀州。奏事河亭，因及岳飛兩捷俘獲之物。上曰：“兵家不無緣飾，此不足道。卿等因通書飛幕屬，叩問子細，非爲核實，有吝賞典，但欲知事宜形勢、措畫之方耳。”浚奏曰：“飛之措置甚大，今既至伊、洛間，如河陽、太行一帶山寨必有通耗者，自梁青之來，常有往來之人，其意甚堅確。”青，懷、衛間人，嘗聚衆依太行，數出擾磁、相間，金人頗患之。今年春，併兵力攻。青以精騎數百突出渡河，由襄漢來歸岳侯，兩河人呼爲“梁小哥”。某奏曰：“河東山寨如韋詮忠輩，今雖屈力就招，然未嘗下山，隊伍、器甲如舊，據險自保，耕種自如，唯不出兵耳。金人亦無如之何，但羈縻之而已。一旦王師渡河，此曹必爲我用。”上曰：“斯民不忘祖宗恩德如此，吾料之非金人所能有。”某等同奏曰：

"願陛下進德修業，孜孜經營，此念常如今日。臣等願竭駑鈍，裨佐萬一。"進呈周秘奏狀，以解潛、劉錡各引無旗號舟船入禁圍，且妄申朝廷，去御舟五十里遠。得旨，潛、錡各罰銅八斤。德遠、仲古過舟中小飲。得洙輩書報，初四日已發舟出門，將往德清也。初六日，發秀州，天色晴和。晚泊平望，進呈漕司按崇德令趙渙之罪狀。先是，言者論其排辦奉迎車駕，事多騷擾。下有司體訪，雖不如言者之甚，亦不爲無罪。得旨先降一官，令漕司取勘。上曰："渙之昨日奏對，問以民間疾苦，曰'無'。問以戶口登耗、租賦多寡，亦不能對。方今多事，民間豈無疾苦可言？而渙之乃云朝廷仁政寬恤，民頗安業，此諂諛之言也。爲令若此，將安用之？"夜得洙輩書。初七日，登平望。是日，岳飛捷奏至，遣偏將收復商州，且乞催已差知商州邵隆速來之任。隆，解之安邑人，敵犯河解，隆與其兄糾率鄉民，屢與敵戰。兄爲敵獲，大罵而死。隆收殘衆，轉戰入蜀，隸吳玠麾下，數立功，且遣人赴闕，陳奏："商州要害之地，不可不力取，得商則可以經營關中。"尋命知商州，俾與金守郭浩經營收復，今則岳飛先得之矣。浩，成之子。成，關西之名將也。頃歲，夏人犯平夏城，涇原帥章楶命成守之，被圍半月餘，攻之甚力，卒不能破。初，急報至，哲廟頗以爲憂，而楶每奏平夏決保無虞，乞少寬聖慮。敵退，楶遂召還。哲宗問以城守方略，楶曰："初無他術，但如郭成輩皆一路精選，俾守一城，知其可保也。"楶，浙人，起諸生，及作帥，頗有可稱，種師道、師中皆出其幕府。又嘗薦師道於哲宗云："師道拙訥，如不能言，及與之從容論議，動中機會，他日必爲朝廷名將帥。"靖康初，師道入樞府，淵聖嘗問曰："在小官時，頗有見知者否？"師道以楶薦章進入，淵聖嘆楶知人，以其二孫茂、蓋並爲寺監丞。晚泊吳江縣，張俊遣其屬史願，韓世忠遣其屬張俁來稟議。願言俊營盱眙寨，工料甚大，今始及半月，役戰士二萬，俊時親負土以率將士。且乞應副樓櫓，并發江東西壯城兵以助役也。初八日，發吳江，午至平江府，換小舟入門，從梁汝嘉所請也。泊姑蘇館，進輦入行宮駐蹕，以府治爲行宮，以提刑司爲三省、密院，以簽判廳爲左相府第，以提舉茶司爲右相府第，以檢法廳爲簽書府第。晚得湖北提刑趙伯牛破雷德通寨捷報。德通，德進之弟。德進據險，久爲湖北之患。自楊么之敗，其勢稍弱，遂爲部將所殺，以其衆歸德通，猶自保一寨，不肯就招，至是始破，知鼎州張觷與伯牛同謀也。初九日，後殿奏事。上曰：“數日泊舟之後，卿等或不奏事，即與諸將理會軍器，想不如法，但爲美觀，全不適用。可進甲葉數百副，當爲指教穿聯，並其旗號等，悉爲整頓，別作一隊。卿等試觀，或可用，即以此行之諸軍也。”及言韓世忠入覲，犒設、激賞之物宜依例備之，恐不久留。某進曰：“世忠來日恐到，當便入對，世忠必有所請，如錢糧、軍馬之類，陛下但諭令與臣等商量。惟是措置防托，恐世忠向臣等不欲盡言，如陛下曲折詢訪，必自有説。臣竊謂世忠既城楚與高郵，地利甚便，今張俊又屯盱眙，控制天長、揚州一帶，敵決不敢犯，則世忠一軍包裹在內，最爲安穩。但自濠以西，並劉光世地分，光世孤軍，萬一重兵侵犯，韓、張兩人能爲出師牽制否？不然，徒爲自守之計，朝廷何賴？”上以爲然。是日，諸處探報皆云：“劉麟自往河北乞兵回，比又遣官再往矣。”初十日，詣天寧寺，開啓行香，得收復順州捷奏。順州，昔之伊陽縣也，縣有弓手翟興，勇於捕寇。弟進尤爲驍鋭，邑人號爲“小翟”，以獲寇補官，後任熙河將。會熙帥劉法出兵總安城，深入敵境，爲人所誤，置寨不得地，敵自四山下逼，日且暮，舉軍潰亂，失法所在。諸將逃死不暇，而進獨策馬大呼，衝犯敵圍，來往再三，求法不獲，時法已墮崖死矣，進由是知名。靖康初，金人犯伊、洛，進時爲京西將，河南尹王襄遠遁，進以洛兵保伊陽自固，洛之士民避難者多依之。進死，兄興代之，兄弟相繼累歲，一方寇盜爲之屏息，固護陵寢，爲有功焉。劉豫僭逆，數遣兵攻之，興介處一隅，與朝廷隔絶寡援，糧乏，退保太和鎮。興死，其子琼代之，數遣人間道告於朝廷，求兵糧爲助，而地遠不能及也。琼勢益弱，遂以餘衆歸襄陽，依李橫，由是伊陽、太和一帶險要盡棄之敵境矣。岳飛至襄陽，遣將王貴直搗盧氏，據之。乃分兵西取商州，東由樂川縣西碧潭、太和鎮以取伊陽也。伊陽去洛才百餘里。是日，韓世忠入門，晚赴內殿入見。十一日，進呈江西安撫大使李綱奏，以車駕時巡，乞扈從，降詔不允。奏事已，上曰：“世忠之來，當有錫賚。”上起離御座，引宰執就觀所賜之物，凡十合，如繡珍珠蹙領繡戰袍、馬價珠頭巾、鐶玉腰條、回紋刀，皆奇物，並紵絲、樗蒲衣著數十匹，金酒器四百餘兩，名馬、鞍轡等。某等進曰：“陛下待遇諸將如此之厚，聖意豈徒然哉！”上曰：“禁中所有物別無用處，止備激賞將士耳。”晚，世忠到堂，謝賜物，微有酒色，云上以所賜金器酌之十餘杯，不敢辭也。並其隨行背嵬、使臣等皆被酒，上各賜束帶，並十兩金杯一隻，因賜之酒。而世忠之姪秉義郎彥仰面授閤門祗候，以其新自郎延遠歸也。世忠叙謝再三，徐曰：“世忠寒賤人也，合受凍餓，今乃蒙被厚恩如此，自顧此身未知死所也。”十二日，後殿常朝。自上即位以來，止御後殿，更不行前殿之禮，以二聖未還，意有所避也。留身，奏：“世忠之來，計當奏陳邊事方略。”上曰：“世忠無他語，但云欲與宰執議定，乞與宰執同對。卿與更子細詰問如何也。”某曰：“世忠之意，不欲張俊築城，便欲令向前勾引金人近前，我得地利，合軍一擊，便見得失。今日得城，明日得縣，無益也。竊恐勞役之久，別有事生耳。臣之愚見，若初議遣俊等渡江，徑之淮北，或攻宿，或取徐，得則進，否則退歸，出入不常，使敵

罔測。是亦一策，不如止屯淮上。初云築山寨，亦復不知修城工
役如此之大，臣深恐城未及就，敵已有動息，欲守則無地可歸，
欲戰則不保必勝。臣已嘗與張浚等商量，若只築一小堡，可屯萬
人，選精銳守之，劫寨、腰截、斷糧道等皆可爲之。大軍依舊坐
據長江之險，敵既不能遽渡，則不無回顧之慮，如此似爲穩當。”
上以爲然。乃曰：“浚意如何？”某曰：“浚初有商量之意，徐徐
議論，但以岳飛牽制於後，敵若抽兵稍回，山東空缺，則世忠必
再爲淮、徐之舉，敵且自救不暇，安能窺吾淮甸？使俊築一堅城
池，屯軍淮上，臨宿、亳，敵且疲於奔命，此恢復之端也。浚此
策甚善，但臣之所慮，今冬防托數月之事，俟來春更築一堡，不
失爲此計耳。自古用兵，變化不同，初無定論，然先議守而後論
戰，乃保萬全也。”上然之。是晚，同右揆、西樞謁韓世忠，就
其後圃置酒七行。世忠之圃即章子厚圃池，昔蘇子美之滄浪亭
也。子厚在相位日營葺，所費不貲，罷相即遷責，未嘗安享。洎
放還，寄居嚴之烏龍山寺，子弟輩悉遣歸鄉，幹置生事。死之
日，無一人在側，群妾方分爭金帛，停屍數日，無人顧藉，鼠食
其一指。衢僧法空親見之。坐間，右揆屢叩世忠進取方略，世忠
終不盡言，但云與相公屢言之，而其意不過欲令張俊先爲一著，
渠欲乘隙而動，即易爲功也。但恐俊等揣知其意，不肯合謀耳。
金字遞備坐探報，檄岳飛明遠斥堠，擇利進退。以世忠言，近探
者自河北回，言龍虎軍由李固渡過河，凡渡四晝夜，精兵三萬餘
人，內分騎兵一萬之京西以應岳飛也。十三日，進呈已降指揮，
依四年例燕犒諸軍將佐。檢正張宗元上殿，遣詣建康、太平，撫
勞劉光世、張俊兩軍老小，仍將在寨人點檢整頓，結成隊伍。
晚，得岳飛收復西京長水縣捷報，仍云已收兵復回鄂州，以糧不
繼也。十四日，進呈右司諫王繢奏狀，乞罷平江府營造，恐妨農
時也，從之。批旨：韓世忠非晚朝辭，可特賜御筵。差入內內侍

省都知黃冕押伴，令平江府排辦。議十七日，就韓後圃山堂，隨行屬官、總制、提舉官預坐，使臣等別坐，酒五行。西樞云："種夷叔靖康初被旨巡河，朝辭日賜宴所居蔡氏之第，吏部侍郎王時雍押伴，屬官預坐。"右相云："諸處探報，淮陽軍等處往往抽回人馬歸京師，以備岳兵。韓侯亦云。"韓晚到堂，因話及京城被圍之事。當時，南壁正金人所攻之處，而以盧襄、李擢當之，韓亦慨然嘆息也。十五日，望拜二聖已，奏事。進呈信州奏，以車駕巡幸，進銀萬兩。上曰："此物得之何處？儻府庫有餘，自當獻之朝廷；或取於民，則不可也。更當詢問，果取於民，便當退還。"某等奏曰："陛下恤民如此，朝廷約束甚嚴，方州必不敢爾。"韓世忠辭免賜御筵，有旨不允，降詔。十六日，批旨：諸軍押燕官，楊沂中、張俊軍差淮南提點張成憲，韓世忠軍差楊州守臣李易，劉光世軍差江東漕臣向子諲。先是，降旨宴犒諸軍，並依紹興四年例。晚，中使賜除濕丸數十斤付密院，以備給賜士卒。先是，趙密、巨師古兩軍自杭護衛至此，多病重腿之疾。一日，宰執奏知，上出禁中方，命御藥院修合，且遣中使押御醫親至軍營，人人看候，分給之，服之皆效，此其餘者也。又以其方賜某云。十七日，進呈岳飛乞終制。某等先議定奏稟，以飛累有陳請，亦屢降指揮，而其請不已，欲上親筆批回札子。上曰："惟宰執有此禮，他人不可。卿等可作書，但云得旨封回可也。"退而右揆以書封去。是日，劉光世奏，敵添兵戍陳、蔡間，而劉豫亦於穎^{〔一〕}昌積穀甚富，恐有侵犯之意。密院刻擇官申中和言：太白已過左執法，以陰晦不見。先是，占星者言：九月初三夜，太白由黃道微高入太微垣，犯右執法。

丁巳筆録

紹興七年丁巳歲

九月，自紹興被召，是月十六日，入建康，對於便殿。叙志已，上曰："卿人望所歸，豈應久外？"某辭以今日規模與臣所見不同，上曰："將來別作措置。"十七日，宣制，授左僕射。十八日，留身奏事，上問防秋大計，某曰："淮西雖空缺，當以壯根本爲先務。"又問去留如何，某曰："其來太遽，既已失之，其去不可復爾也，臣前日奏陳固已悉之。今國威少挫，兵勢亦弱，若遽自退縮，即益弱矣。却須勉自振勵，爲不可動搖之勢，尚少堅士心，不至委靡。"上深以爲然，且曰："初聞淮西之報，未嘗輒動，執政奏事，皆惶恐失措，反爲安慰之。"某曰："正須如此，見諸將尤須安靖，使之罔測。不然，益增其驕蹇之心，謂朝廷莫敢誰何矣。仍以控制之事專責之二將，曰：'光世之兵不爲用，我之所賴唯汝二人。'彼必感陛下倚任之重，且不敢以朝廷爲弱也。前此大臣曾以此啓沃否？"上曰："彼皆倉皇，無地措足，何暇及此！"自入見，每留身奏事，上必盛怒言德遠之過，余每隨事開解。

十月初，余因奏曰："自淮西之變，軍民不見朝廷有所措置，欲降一手詔慰安之。"上曰："朕思之久矣，當以罪己之意播告天下，以朕任用之非其人也，俟行遣張浚了降詔。"余曰："浚已落職。"上曰："浚誤朕極多，理宜遠竄。"余又曰："浚母老，且有勤王大功，陛下安忍使之母子不相保。"上曰："勤王固已賞之爲宰相矣。功自功，過自過，不相掩也。"初七日夜，内降周秘、石公揆、李誼彈章，後批：“張浚謫授散官，安置嶺表。”
中書舊例，凡御書批出文字，多在暮夜，不問早晚即時行出。至
是余封起，未即施行。明日榻前解救，開陳再三，上意終不解，
余乃曰：“浚所犯不過公罪。”上曰：“是何公罪？誤國如此，私
罪有餘。”又奏曰：“前日趙令衿之言，外頗傳播，謂浚之出皆
諸將之意，今又行遣如此之重，外間益疑矣。”上曰：“安有此
理？若宰相出入出於諸將，即唐末五代衰亂之風，今幸未至於
此。”余又曰：“雖非諸將之言，今謫浚如此，亦足少快諸將之
意。”上曰：“此不恤也。”余又曰：“向來浚母未出蜀時，陛下
特遣中使宣諭勿遣，今乃使之爲萬里之別，生死固未可知，豈不
傷陛下孝治之意？”上意少解，乃曰：“與嶺外善地可也。”余
曰：“湖南永州等處，與嶺外何異？但且名目不謂之過嶺也。”
上曰：“可散官安置永州。”余又曰：“若令分司，便是致仕。”
上曰：“且更商量。”來日再將上，余又留身，再三懇奏，拜於
榻前。上曰：“浚平日兄事卿，卿一旦去國，浚所以擠陷卿者無
所不至。今浚得罪天下，卿乃極力營救，卿賢於浚遠矣。然今日
作壞得如此，使朕極難處置，卿亦難做。”余曰：“此則天下共
知，雖爲國家無窮之患，原其初不過措置失當而已。偶因措置失
當，遂投嶺嶠之外，臣恐後來者以浚爲戒，不復以身任責矣。”
上意乃解，於是分司之議始定。初九日，降旨：張浚責授左朝請
郎、秘書少監，分司南京，永州居住。二十五日，謝大禮加恩，
不奏事，退答衢州諸書。先是，士大夫相知者責余作相逾月，未
見有所施設。余答之云：“今日之事，有如至虛極弱久病之人，
再有所傷，元氣大耗，自非緩緩溫養之，必致顛覆。方此危迫之
際，唯有安靖不生事，坐以鎮之。若欲大作措置，焕然一新，此
起死之術也，非老拙所能。且張德遠非不欲有爲，而其效如此，
不量力之過，亦足爲戒矣。”一日，上曰：“令張俊盡以舟師分

布控扼，然後引兵渡江。”余曰：“淮西寂然無事，不須勞攘，
但外間議論便謂朝廷棄卻淮西。以兵家舉措言之，一軍潰散卻補
一軍，分明是怕他。卻當一向勿顧，不發一兵，看彼如何，未必
敢動。”上以爲然。是月，董弅徽猷待制，知嚴州。先是，弅任
中書舍人，余罷政之十餘日，諫官陳公輔論二程之學恐惑亂天
下，於是下詔曉諭。董權禮侍，録黃下部，吏欲鏤板，董曰“少
俟”，他無所云也。郎官黃次山白臺諫，謂弅沮格詔令，侍御史
周秘彈之，弅以殿撰出知衢州。其後，給事中胡世將舉次山自
代，朝廷遂進擬修注。上曰：“非告訐董弅者邪？此風不可長，
可與在外差遣。”當國意甚沮，由是善類稍安，次山遂除湖南提
刑。弅至是始除次對。一日奏禀：“來春去留之計，請陛下更留
聖慮，將來回蹕之後，中外便謂朝廷無復恢復之意。”上曰：
“張浚措置三年，窮竭民力，殫耗國用，何嘗得尺寸之地？而壞
卻許多事功，此等議論不足恤也。”余又曰：“昨日進呈劉麟以
酈瓊書送岳飛，瓊書云：‘昨在合淝，已聞大齊政事修明，奉法
向公，人民安業。今既到此，目自見之。投身效命，合得其所。’
賊爲夸大之言，不無緣飾，然聞刑法極嚴整，人亦畏憚，官吏上
下委無毫髮之擾。”上曰：“也是，嘆他如此不得。”余乃曰：
“陛下承二百年太平之後，州縣玩習，相師成風，吏強官弱，民
無赴訴，若非嚴加刑法，無由整肅。又念祖宗以來，純以仁恕待
天下，所以享國長久，欲絶復興。雖朝廷法令時有更張，至於祖
宗仁恕之心，則列聖相承，未嘗少變，此乃陛下之家法也，必不
肯如彼所爲，加酷於天下。爲今日計，欲富國唯有屯田，欲息民
唯有擇郡守。縣令衆多不能擇，監司則力有所不能及，唯守臣得
人，則民自受賜。”上深以爲然。一日泛論時事，因及國史，上
曰：“前日觀朱墨本，内用朱勾去者也，是大冗。”余奏曰：“朱
勾者最係美事，皆蔡卞輩不喜之語，亦以其不學，故不知去取

耳。且如《吳奎傳》載上神宗疏曰：‘臣願陛下爲堯舜主，不願陛下爲唐德宗猜忌之主。’下等籤則云：‘所引狂悖，今刪去。’臣謂載之乃見神宗之聖，蓋主聖然後臣直也。使唐魏徵、王圭輩傳中不載當時獻替之言，則後世亦安知太宗爲納諫之君？”上深以爲然。余又進曰：“使一部盡作諛詞，此豈美事？古謂之不諱之朝者，蓋屢聞直聲，必甚盛故也。帝王一代之典，是非褒貶，非子孫所敢爲者，所以使後代人君常懷徹懼之心，不敢爲非也。此孔子作《春秋》之意也。奸人常以《春秋》爲魯諱者，大惡諱，小惡必謹而書之不隱也。所載吳奎之疏，皆讜言正論，人所難堪者，神宗能容之，是乃盛德事，謂之大惡可乎？何諱之有？”上曰：“卿所論甚正，非他人可及也。”余又進曰：“臣去國半年餘，今者再見清光，竊觀聖意稍異於前日。”上曰：“不得不然，尋常造膝之言，每以孝悌之説相搖撼，其實紹述之謀也。又同事者和之一詞，朝夕浸淫，罔覺也。如程頤之學，每貶斥之，以爲不可用。”余曰：“秦檜莫爲陛下説些正論？”上曰：“並無一言。自卿去國，在庭之臣不減其舊者，唯朱震一人而已。”余又曰：“臣觀爲此謀者，不過持中論以眩惑聖聽，以謂不可太分別，當兼收並用，庶幾得人之路廣大無遺。臣竊以爲不然。取人之路雖廣，使君子、小人並進，亦何爲治？與其多得小人，不若少得君子之爲愈也。大抵持中論者，便是沮遏善類之術。分別善惡唯恐不嚴，稍似寬容，則乘間透漏，落其奸計，使君子不容措足矣。君子之於小人常存恕心，小人之於君子不少恕也。自古及今，君子常屏棄，小人常得志，以此故也。”上又以爲然。進呈高世則乞不收使元帥府結局轉兩官恩例，得旨依奏。執政奏曰：“莫却別與些恩數否？”上曰：“只問他宣仁族屬比之諸后家所得恩數如何，可取會也。”次日降指揮，令吏部檢會宣仁后族屬未推恩數，申上意，以宣仁之族惟世則近族，宣仁升遐時恩數甚薄，其

家並無作使相者，欲以此寵世則。是日，余留身，奏曰："世則
恩數已降指揮，令吏部檢會，此乃他日題目，庶使人曉然知其本
末，不駭聽聞。然今年一年之間三除使相，韋淵、士褒、錢忱
也。方今天下事殊未濟，而戚里相繼作使相，公議謂何？臣欲將
世則除命少待來春。"上曰："卿所慮極是，非晚令世則辭去，
直待來夏未晚也。"二十九日，進呈已，余因奏曰："臣比自外
郡被召，迫於威命不敢固辭，然區區之誠，已嘗縷縷陳奏。今已
冬深，雖別無警報，獨不知來歲動靜如何，要自今日議定去留。
或可留，即但當措置防守；或以為不可留，即宜從今徐作動計。
亦恐一兩月間別有不測驚擾，庶免緩急倉卒之患。"上曰："來
春去留未議，但論來秋之計當如何。"余曰："若車駕留此，則
來秋防守猶如今日。或茲暫回臨安，即俟有警，進臨平江或復幸
此亦可。惟此兩途，別無他說。大計既定，其他瑣細措置，當款
曲商量進呈。"奏曰："車駕稍移近裏，似為安穩，須使淮上略
有措置，及使諸將各思向前，無退避之意，則車駕庶幾少安。"
余曰："臣在平江府時，每與張浚議此，亦屢奏聞，止令諸軍各
分一萬精兵控制淮上，作一小堡為堅守之計。萬一寇至，得則進
攻，否則退守，或牽制，或尾襲，劫寨抄掠，晝夜擾之，而我之
大軍悉屯江上，彼雖甚銳，安敢邃前？此臣之鄙見也。近自紹興
蒙被收召，再嘗以敷奏，恐士大夫謂臣創為此說，欲符合諸將之
意，不知陛下尚能記此否？"上曰："卿固嘗言之，奏章現在，
當付中書，卿與執政一觀可也。"余又曰："若陛下果欲暫回臨
安，即復以建康為行宮，守臣兼留守，差內侍主管匙鑰，留親事
官備灑掃，百司官府並付留司看管，以備時巡，一如兩都故事，
為往來之計。若金人舉國來寇，即舉行甲寅年捍御之策，此又臣
之鄙見也，願更詢問參政張守而下，當各盡己見，子細商量。"
張曰："不過如趙某所論，無可疑者，但願不輕動爾。"余進曰：

"臣昨來所論，正不欲輕動，奏札亦已具之矣。臣初至此時，人情極不安，議論洶洶。臣一切不顧，堅忍靜坐以待之。今幸無事，却須議定來春大計也。諸人各有進說，正不敢專主不動之議。"余又進曰："臣之所說，自去歲迄今，止是如此，更無枝蔓，亦無改易。"上曰："朕固知之，莫暫回爲便否?"顧諸人曰："卿等以爲何如，議論定否?"諸人曰："如此甚便。"上曰："其餘合措置事，卿節次理會。"余曰："今所先者，諸軍營寨，便令計置，及於鎮江多備舟楫，亦恐緩急放散百司要用也。"上曰："此等事正宜辦也。"議既定，余又曰："來春之計既定，止是防秋萬一有警報，須是車駕前進一步，庶幾鼓作將士；萬一少退，則崩解不復支持，便以今日之退爲失策矣。"上曰："自當如此。"上曰："兩河故地，朕豈敢爲意?但使朕父子團集，及得一朝陵寢，朕之志願足矣。"某奏曰："陛下如常存此念，上天眷祐，必有悔禍之意。"上曰："朕之此念寢食不忘也。"某又曰："人君與臣庶不同，苟一念志誠，上天必須感格。"語及此，聖懷感動，惻然久之。某又與西樞亦不任悽感也。

十一月，初四日宣麻，右相轉左光禄大夫，以進書也。進呈呂本中乞宮觀，上曰："本中詩極佳，不減徐俯少時所作。俯晚年學李白，稍放肆矣。"胡紡報淮陽舟愈遠，向上往徐州去。光世使臣下書言，合淝之役，麟既退走，光世追之，道遇伏兵發，光世幾爲所得，賴諸將力戰，王德之弟某人者死之。夜二鼓收兵，光世負交椅者亦戰死，傷折亦衆，但未見其數。右相奏："光世得四百舟，準備朝廷使用。"又奏："須俟張浚軍回，乃往鎮江措置。"某留身，奏曰："數日來，外間傳言日中有黑子，司天臺曾奏否?"上曰："有之，前月二十九日見，如一李子大，兩頭尖，今消欲盡矣，其占陰干陽。"某奏曰："臣遍閱諸家占書，其說不一，或云臣蔽君之明，或云臣不掩君之惡，令不見百姓惡君，使有此變。其餘占候不一，俱非吉兆。日者，人君之象，恐非尋常灾變。願陛下更加明察，恐皆臣等之罪，無惜黜責，以答天戒。"上曰："干卿何事？"某奏曰："恐懼修省，更乞陛下留意。"初五日，進呈右相奏擬韓世忠與金帥並其屬將書。先是，秦相奏言："金屬將乃主帥之壻，今聞統兵在山東，宜作書與金屬將，俾達于主帥，責助賊豫爲背天逆理之事，何以爲臣子之戒，冀其休兵息民也。"上曰："賊兵既退，何用此爲？且留俟浚歸議之。"某曰："淮西既定，士氣方盛之時，浚乃有息兵之意，生民之幸也。"上曰："如此，則留下札子，當批付浚施行也。"某奏曰："昨日得浚書云，建康府入納鹽鐵甚盛，用兵之效，不可不勉也。"上曰："沿路既安，商賈放心來往。"某曰："亦緣久不變法。"上曰："法既可信，自然悠久。"蓋自渡江後來，鹽法歲變，或至再變。自紹興四年冬立爲對帶法，明年秋加以出剩，立爲分數，許入納不對帶。二法兼行，二年不變，入納甚勻，比之常行，亦自增羡。二十一日，右相、西樞見訪，會食早晚。余自淮西奏捷，即累求去。右相既歸，日治行計。初議正初曲赦廬、壽、光、濠四州，才冬節開假，便作禮數，後商量止俟十二月初一日。以日期既近，俟頒赦已，然後爲之，亦是防秋結局也。蓋十一月初上，既見許，故凡所入文字等悉已草下。

十二月，初一日，本留身告上，偶右相以密賜，乞留身謝之，余展作初二日。是日，留身，懇告求去，上語雖未允，意亦許矣。下殿更不批旨，歸私第，食後入文字訖，乃登舟。少頃，押入都堂治事，復歸舟中。來旦，再押同班及堂治事，初三日也。上曰："朕於君臣之間無毫髮不足，細察之，卿與張浚終難同立朝也，朕當全盡進退禮數，煩卿一往紹興也。"某懇求宮觀，上不允。既退，押到堂，放散人從，依時上馬，不得般出。初四日，同奏事，留身，面投札子，乞出，再押到堂，復歸私第，晚歸舟中。初五日，宣押同奏事。至漏舍，再入文字，以腳疾有妨拜跪，遂免起居。再押到堂，復歸舟中，右相、西樞見過。初六日，降詔不允。初七日，忌，例不鎖。初八日，鎖院。初九日，降制，朱子發行詞。是日宣麻。初十日，受告閤門。是晚批出：趙某令朝辭上殿，並正謝。十一日，正謝。十二日，朝辭上殿。

校勘記

〔一〕"穎"，當作"潁"。

使指筆錄

王倫等申稟，將來到金國，有問對事下項：

一、和議成，若過有邀求，合如何對？和議成，若要歲幣，須量力應副。緣兵火以來，諸州例皆殘破，戶口耗減，難比已前全盛時，除歲幣外，若有邀求，應副不得過，幣銀、絹各不過二十五萬匹兩。

一、和議成，許還土地，却要逐州稅賦，合如何對？稅賦合隨地土，若以地土見還，却要稅賦，與不得地土無異。如前項歲幣則可，稅賦則不可，歲幣便是稅賦。

一、訪聞大河近年不行故道，向著近南。今若議和，以河爲界，却只以即今新河道標立界至，合如何商議？大河須是舊來濁河，應陝西、京東路州軍皆是。若以新河爲界，全不濟事，須是盡得劉豫地土。

一、若到前路，依例先來取國書，合與不合發去？先取國書，合依例先發副本。

一、若到軍前及金國，詰問招納，如何對？招納事皆邊將所爲，朝廷已行戒約，若和議已成，自無此事。

一、如到梓宮前，合服初喪服，若金人不容，合如何論對？到梓宮前，如金人不容服初喪服，合隨宜服黑帶，去佩魚之類。若入本界，即服初喪之服。

一、許和之後，欲行封册，移損尊稱，合如何對？上即位已十二年，已四次郊見上帝，君臣上下名分已定，更不煩行此禮數，切須拒之，斷不可從也。

一、金人若問既和之後，必便移蹕還汴京，合如何對？若盡得劉豫地土及宗族盡歸，即修奉陵寢，開淘汴水，俟漕運通行，儲積足備，及軍營百司修繕備辦，方可移蹕。

一、問因甚不差執政大臣來，合如何對？為和議未成，未敢輒差執政。若和議已成，所差官自有故事。

一、將來到軍前，堅請移蹕建康，就便商議，如何對？建康為經殘破，百色不便，難以久駐，兼與臨安相去不遠，商議事自不相妨。

一、許迎請梓宮，有合先奏稟事，未委倫等，合與不合先歸？迎請梓宮，若見得的確，先歸無害。

一、議和之際，若遣使人議事，合與不合同共前來？若土地、宗族悉如所請，事意分明，及所須度可應副，或要再遣敵使，即與同來。如和議未定，事不分明，即不須敵使再來。

一、若許和議，萬一却欲只以現今地土為界，或別要地土換易，合如何對？若只以見今地土為界，或別要地土換易，但云欲歸稟於朝，使人不敢與決，更不可將帶金使同來也。

一、所有本朝叛將舊在偽齊，今來和議既成，乞於未交割前，先與赦貸。和議既成，即已前叛將自合赦貸。

一、敵情譎詐，難保或有事干國體，從權應答，候回日抄錄呈納。

除十四項事外，如到別有事干國體，自合從權應答，仍體度須是朝廷可從之事。

辯誣筆錄

原　序〔一〕

　　余叨塵逾分，績效無聞，固足以招致人言，重干典憲。而又學術迂僻，與衆背馳。其辯宣仁之冤誣，正裕陵之配享，無慊於心，無負於社稷，無愧於天地神明，而兩家之黨布滿中外，怨讟四起，叢於一身矣。銷骨鑠金，何所不至？度其勢力，將寘之必死，則凡今日流離之極，而尚延殘喘者，皆君父委曲庇護之賜也。有此僥倖，尚復何言？然前後論列逾數十章，其間寧無傳播失實、風聞文飾之誤？是不得不辯。其他細故，無足深較。謹擇其尤者，作《辯誣》。

趙鼎書〔二〕

辯誣筆錄卷一〔三〕

　　一、張邦昌僭竊，干王時雍，權京畿提刑，有“親奉玉音”之語。辯曰：靖康元年十二月末得省札，稱朝夕大金師退，奉聖旨差府曹一員、省郎一員，抄札遺下軍糧馬料。次日，工部侍郎司馬文季與余簡，封題云“提刑直閣”。繼得開封通引官姓白人札探除目帖子報，開封士曹趙某除直秘閣、京畿提刑，兼轉運副使。其日，余在同舍陳士曹閣子內與數同官會話，今刑掾郭璋獨在，可以爲證，時十二月二十七八間也。先是，聞開正大金師退，宰相何文縝廣坐中論師退後措置事。首言京畿蹂踐酷毒，須得人安集之；且言祖宗時止有提點一員，盡總諸司之事，俟師退頒赦改正，今且除提刑一員，兼漕事，當於士人中選通曉民事者。坐客薦洺州通判趙子昉，何曰：「子昉固佳，但資淺爾，須於府曹省官中選之。」程伯玉、司馬文季等數人同聲曰：「若求於省府官，無如開封士曹趙某者。」何曰：「得之矣，屢有人薦，使除職名。」即呼中使具除目將上。次日批旨，正月初畫黃下吏部。戶部侍郎邵澤民聞之，走見何相，薦宮教耿洄填士曹之闕。何曰：「已除趙子昉。」蓋初議畿憲不成，復以此處之，在外無日下供職指揮。適當多事，舍人行詞留滯，未給告間，車駕出郊，其事遂已。先被旨點檢出城骨肉，置局延真宮。二月初天地大變，六宮皇族相繼取詣軍前。一日，宋退翁、胡明仲過延真，率余同見府尹。時有金使二人來府中催促應副，退翁密謂余曰：「瑤華當祝尹深藏之，以備垂簾，待元帥之歸。」余曰：「何人可托？須有力量可保者。」退翁曰：「戚里王某，詵之子。內侍則邵成章。」既見尹，適金[四]使在坐，不容交談。退翁於掌上書「瑤華」二字，憑尹書几，展手示之。尹曰：「何爲[五]？」退翁曰：「藏之。」尹良久乃悟，曰：「會得會得。」是日晚，退翁作札子詳言其事，托余達之於尹。瑤華舊在州北，城破，遷之延寧宮。未幾延寧火，尹議密歸之孟氏私第，不欲在士庶之家也。其後迎入禁中垂簾，以待元帥之歸，其謀實始於此。逮邦昌入城，士大夫亦以此議誘之，故邦昌敢任其責。三月末間，金人漸次引去。一日，舊同官呂言問見訪，云朝廷議迎請元祐后歸禁中，家兄令言問與孟氏議定。兄舜徒也，言問與孟氏親，故舜徒委之。言問後作《垂簾記》，備見本末。後數日，余得行首司帖子，請召議事。至崇政殿門外閤子中，見王時雍、呂好問、馮瀚同坐。時雍顧謂余曰：「煩公以畿內之事。」出除目一紙示余，除直秘閣、京畿提刑，兼權轉運副使。余起立白時雍，以私計不便，不願就此。時雍作色曰：「今日之事，須大家擔負。」余曰：「府官冗賤，何預國論？”時雍怒甚，不復言。舜徒恐激作禍生，謂時雍曰：“且只以府曹兼權。”又謂余曰：“府界職事，府曹兼領何害？兼有正月初成命。”余曰：“若於差權札子内備坐正月初指揮，乃敢就職。”時雍益怒，面色變青，徐取筆勾去“直秘閣”字。舜徒又曰：“府界事無限，且先理會東路，祇備元帥之歸。所以煩公，正爲此也。”余曰：“聞金人留兵二萬屯河南武陽[六]縣界，如此即游騎四出，府界何以措手？”舜徒曰：“近遣從官數輩至軍前懇告，今則盡發過河，更不留一人一騎在河南。”余曰：“東路蹂踐尤甚，直抵南都，更無片瓦。”舜徒曰：“元帥府官兵極多，須廣作蓆屋以待。”余曰：“府界無一人百姓，使誰爲之？又無一錢支用。”時雍方發言曰：“此等事自當應副，公可條具申來。”余歸，至晚得差權札子，猶豫未決。適提刑屬官孟某來參，不記名。問知是后家，因叩日言問所説。孟曰：“此議已定。某適離家時，見街道司已在宅前治道，恐亦非晚矣。”余既得此説，走見户侍邵澤民問子細。未及坐定，澤民曰：“適自部中來，朝廷要二十副珠子花鐶頭面裝裹内人，就孟宅迎太后還内。於諸人家抄札家資内尋覓，竟不得足。”余曰：“定在何日？”澤民曰：“數日前馬仲時謂殿院馬伸。已上書太宰相公，請速出外第，且乞遣使迎元帥。邦昌得書極惶恐，便欲出居。東府諸公謂敵騎尚有在青城者，恐别有變生，少隱忍數日爲便。今聞後騎已過中牟，邦昌豈敢一日留滯？當亟請垂簾，一如初議也。如遣使，則已發數輩，近又差謝任伯克家捧寶而往。”余曰：“何寶？”澤民曰：“大宋受命之寶，的當無如此者。”余既聞此，始敢交職事。畿憲公使造酒，月給甚厚，余只請士曹之俸，不受一錢供給，今料錢歷可考也。不數日，大母垂簾，邦昌易服出外第。垂簾之次日，余到都堂白事，適見邦昌自崇政殿門出，循廊而南，朱衣前導，堂吏隨之。三衙一人從後來，不知姓名。升階稟邦昌，欲差班直數人導衛。邦昌踴身頓足，大叫曰："公等如此不相恤！"余見邦昌於都堂閣子，對坐茶湯。是時別無執政，前日暫權者皆已退歸舊班。余出札子再申明所權執事，次日降太后聖旨差權，余然後方敢舉職。又乞支降錢帛，前日王時雍所許者。邦昌謂余曰："要何用？"余對以蓋造蓆屋，以備元帥之歸，邦昌取筆判"依申支給"。前章謂余干王時雍，求京畿提刑，又謂余有"親奉玉音"之語，則天地鬼神實臨之。

一、權京畿提刑日糾集保甲以拒勤王之師。辯曰：丙午冬，金人分兩路渡河，直抵畿內。西自洛陽，東至南都，南自潁昌，北至大河，皆爲金人占據，京師在數千里重圍之中。仰視但見青天白日，而道路不通，中外斷絕。四方萬里之遠，郡縣櫛比，官吏享厚俸、兵級坐食衣糧者不可以數計，而優游自若，無一人回首一顧者，安得所謂勤王之師？月餘城破，敵分兵屯列城上下，瞰城中百萬生靈猶機上之肉。明年正、二月間，陝西大帥范致虛遣兵萬人，使辛企宗將之，出崤黽〔七〕。敵令西京所屯兵迎戰，甫交鋒，西兵敗走，去京師猶在十程之外。東南之兵聚之淮甸，盤桓不進。三月間，二聖已出郊，趙子崧總兵一項，自陳、蔡稍逼咸平界。遠望敵騎數百，奔潰不可止約，自相蹂踐，死者盈路，遺棄金帛鉅萬，不可數計，騎厚載而歸。此則勤王之兵也。時余在開封供職，不知京畿提刑者何人，謂之保甲者安在也。余得堂札兼權憲漕，時敵退城開已數日。逮交職事，敵騎已過鄭州，二帝北遷，渡河已久，京師官吏悉趨元帥府。所謂京師者，數千里瓦礫場中歸然一空城而已，何勤王之有？況保甲一司，自有武臣提刑專領。余權攝時，文臣見闕，係武憲汪長源兼領，余從長源交割得之，畿縣諸公悉來相見，不聞有保甲在京，亦未嘗說及也。隆祐垂簾之初，劉光世一項自鄜延來，太母遣武臣提刑汪長源、戶部郎官李革出城迎待，而光世由潁昌境上直趨濟州。

後數日，李革見訪，余始知光世之過也。後章謂余權京畿提刑日糾集在京保甲以拒勤王之兵〔八〕，則天地鬼神實臨之。

余初被權攝指揮，專爲措置東路奉迎元帥。自權領之後，往來雍邱、陳留，水陸措置。朝廷差中書舍人張澂達明提舉迎奉一行事務。余見達明議事，以驛頓什物全闕。次日得省札，具數申戶部，許於諸人家抄札什物內闕請，後闕到載往東界。余至雍邱編排回，中路逢樞副李回少愚〔九〕、右丞馮澥長源，同舟南下，相見舟中。余謂二公，論京畿蹂踐既酷，即今猶有潰兵及飢民嘯聚者時時出沒，流民不得安業，乞差兵彈壓等事，二公深然之。余遂率京畿父老上表勸進。五月初，上即阼，又率京畿父老上表請車駕還闕。至六月初，余申都省，以京畿措置就緒，遠邇寧靜，勞來安集，恐非時暫兼權者能辦，乞早差正官前來交割。凡累申不報。方朝廷節次行遣圍城諸人，議論洶洶之時，余敢露章求罷，而朝廷不聽其去。自以權攝始末可考，朝廷亦知之，而不以爲事也。兼權之人，凡有數等：除別以罪斥外，應權〔一〇〕執政官有自落職宮觀而復舊物者，皆責散置，李回、范宗尹之流是也。有自樞副升右丞者，馮澥是也。有自侍郎權尚書者，謝克家、邵溥是也，止於落職而已。有自從官權執政者，呂好問是也，事體爲最重。洎上即位，正除執政，進退恩禮未嘗少貶，以其權執政日，於圍城中募人間道詣元帥府密陳城中款師事狀之功也。其後宰相議圍城之罪，悉欲殺之，上終薄其罰者，以預知城中始謀權立之詳也。其自開封少尹權都司者，葉份之徒是也。自監丞權少監者，李佩之徒是也。自郎官權卿少，自館職權郎官，不能盡記，皆置而不問也。洎車駕渡江之後，洞照本末，當時權攝之人悉皆召用，李回復入樞府，謝克家再爲尚書，相繼入參大政，范宗尹召爲中丞，未逾年拜相，此皆權局中情重而責降散置者。葉份元不離行在，至八座而去。余以開封右判官權京畿監司，是爲外補，未嘗超獵，比之諸人不猶愈乎？邦昌之入城也，留守率百官用郊迎宰相禮見之於南薰門下。邦昌下馬相揖，入幕次，請從官就坐。邦昌厲聲曰："誰爲此謀？公等各爲妻子計，乃欲寘邦昌赤族之地耶？"諸人惶恐無對，乃請邦昌居尚書省，留守司差從官十員相伴遊説，邦昌拒之甚堅。余亦竊聞一二諸人初謂邦昌曰："今日國祚不絶如綫，太宰受國厚恩，正是論報之日，謂宜勉徇軍前之意，款退敵師。即日遣官奉迎元帥，一面邀請元祐后垂簾，然後退就舊班，且速議勸進，既建大號，未必不以爲功也。"邦昌曰："諸公誤矣。元帥府將相已備，他日聞二帝北遷，未必不便正位號。唐明皇在蜀，肅宗即位靈武，投機之會不可失也。"諸人曰："才聞師退，急遣使勸進，此亦一機會也。且本謀專爲社稷計，他時誰不相諒？"邦昌曰："此事安可户曉？諸公不念邦昌有老母何〔一〕？"諸人又曰："今京畿百萬生靈性命所繫，太宰設心如此，天地神明亦必知之。"邦昌初慮師退之後別生他變，既聞垂簾之議，始有回意。後兩日，御史臺告報：百官并寄居待次官，及京城父老、諸軍將校並赴尚書省。官員立廳上，父老、將校立庭中。少頃，堂吏引邦昌出閤子，立柱廊上，士大夫建議紛紛，邦昌拒之，辭亦甚敏辯。其中一人謂衆曰："不須如此，便可山呼。"邦昌倉皇走避。百官未退，余與府僚先歸。臺吏遮攔，且曰："一城百萬生靈性命決於今日，官員門且更告他太宰。"衆謂之曰："府中應副事冗，自來集議等事才到便退，未嘗干與。"乃使之去。出省門，逢王伯時立之。小立，語及邦昌堅拒之説，伯時曰："須教他做，且是易制，他時足以襯刀。若使蔡京爲之，必別有措置，反爲大患。"襯刀謂斬也。户曹李沆曰："少卿且低聲，此語傳播，愈更艱難矣。"初，大變之後，敵移檄城中議所立者，云選世有名德之人。諸公議曰："衆所共知者惟吕舜徒、司馬文季，又惜其忠賢之裔，萬一爲敵所污，又見元祐之家一事。當求一易制而不爲人所顧惜者，如邦昌之流可也。邦昌久在軍中，與敵相熟，敵人之意亦在於此。”即遣翰林學士吳正仲入城，取指名狀，城上四圍兵合，張其勢以逼之。日晚，議未決，將欲變生。宋齊愈預聞初議者，遂書邦昌姓名以授之。軍中喻以此命，邦昌辭之甚哀切，以至號慟悶絶仆地，扶歸帳中，不復食。敵遣甲士百餘人露刃相向，且斡開口灌以粥飲，而邦昌終不從。敵之謀臣曰：“莫若送之城中，使自爲計，立一日限。事若不成，縱兵齊入，不使一人得脱。”故邦昌之入，在城士庶軍民祈哀萬種。議既定，有司告報，百官集闕門之外。敵使五人自南薰門入，甲騎數千衛之，捧册文前行，閣門等盡用敵人。邦昌乘馬出尚書省後門，大號於馬上，至御廊幕次，易服東望再拜。是時甲兵如雪，環列城上，鼓聲不絶，天日昏暗，風沙慘然。士大夫相顧，面無人色，邦昌亦揮洒不已。步自宣德西門入，敵使隨之。至殿門，五使先退，恐庭中禮數有所未盡，不欲見之，相回避也。邦昌升殿，倚西壁立，百官隨入，錯雜紛亂，無復行列。邦昌遣閣門一人下殿諭廷中曰：“實爲生靈，本非僭竊，官員、將校等並不得拜。”百官既拜，或起或伏，仰視邦昌倚〔一二〕壁鞠躬，側首北嚮，殿中但設空御座而已。先是，被圍之初，有旨權罷國忌行香。邦昌禮數甫畢，次日告報，依舊制行香，但無奉慰之禮，以此示都人，以見意也。後不復登殿，止坐升陽門，百官稟事，長揖階下。從官登門即坐，但以字相呼，一如執政見士大夫之禮。事定，敵議退師，欲留兵三萬爲衛，邦昌懇辭之。又欲留兵一萬屯河南武陽界，恐緩急京城要用，邦昌又辭之。既不敢留兵，所以急於迎奉隆祐還宮。敵退未旬日，太后垂簾，即日召元帥勸進。權中書舍人汪藻行辭，有云“晋獻之子九人，獨文公之在外；漢家之業十世，至光武以中興”，引證最爲切當。又旬餘，邦昌趨南都。上踐阼，封邦昌郡王，謝表云“姬旦攝成王之位，意在存周；紀信乘漢祖之車，本期誑楚”，此其本意也。然其間舉措不爲無失，如迎隆祐稱“宋太后”之類。敵騎雖未盡渡河，敵聞之有回戈之患，後來誰肯委曲見察？賴聖君在上，憐其本心，故止及其身，而置其家不問，親族之家亦不絕其禄仕，可謂忠厚之風、盛德之事矣。況如余輩庶官，時暫行〔一三〕兼權，未嘗超升，未嘗增俸，么麼不足比數，宜其弗以爲罪。奈何怨家讎人以此藉口，得肆其毒，增加緣飾，以無爲有，如“親奉玉音”、“集保甲以拒王師”之類，必欲寘之死地。而卒蒙矜貸，獲保餘生，皆君父之賜也。

　　一、某謫潮陽，岳飛自岳、鄂以金五萬貫賄行，某受之不辭，交結叛將，識者爲之寒心。辯曰：自渡江，諸大將與廟堂諸公並相往還，禮數唯遇生日，以功德疏、星香爲壽而已。岳飛後進，并生日禮數亦復不講。某謫潮陽，庚申七月初一日指揮也。初六日，得明州公文，繳到刑部牒，即日上道。時岳飛在鄂州，相去二千餘里，何由通問？至當年十二月間得飛一書，謝轉官而已。來人云，因過福州張丞相處下書，蓋自福州至潮，由循海入江西，乃其歸路。某以通封公狀謝之，未嘗答一字。次年正月末間又得一書，亦自福州經過，賀年節書也。某以謂既不答書，不必開看，亦以通封公狀謝之，并來書復付來人齎去，不曾開拆也。書且不留，何由有金五萬貫？以五萬貫之金須用兩人擎擔，必不輕付，須有管押之人。今岳飛既死，無由考證，然天地鬼神實鑒臨之。又邸報坐到岳飛案款，在酉年春末罷兵柄、入樞府之後。飛發書來潮陽在申年冬末，時猶總兵鎮上流也。謂之交結叛將，可乎？況來書未嘗啓封，復還之邪！且諸將總兵在外，每因職事咨稟廟堂，諸公必有書答之。飛最遠，書辭最勤。已前有書往還者，皆謂之交結叛將，可乎？此不待辯而可明者，以事體頗重，不得不一言也。

一、士襃、辛永宗赴闕，各有賄遺請求。辯曰：某戊午十月末罷政，知紹興府。冬至節，士襃以宗司瑞露酒十壺見餉。十二月得請奉祠，寓居能仁寺過歲。某始生之日，襃又以十壺見贈。適淮上諸將送糟淮白數頭，兔靶十餘隻，鶉靶十數對，遂以白魚二頭作一合，兔靶二隻、鶉十隻作一合，復贈士襃，蓋所以爲答也。某是時杜門謝客。至正月末間，士襃遣其子不議來訪。某嘗差不議權浙東屬官，故衩衣直入書院見余，云：“大人被差朝陵，近催促甚急，緣腹疾未能起發。而舉市無附子，令稟覆，如宅庫有附子，覓數枚。”某尋以附子十枚送之。此所謂賂遺也。二月初，士襃來相別，坐未定，謂余曰：“昨日得臨安相知書云，相公差知臨安，非晚命下。”某聞之駭然，謂襃曰：“渴疾如此，公所親見，如何遠適？公到闕便當奏事，上不問則已，萬一問及，切告公，以某所苦未愈奏之，庶幾可免。”此外別無一語。是晚襃有簡借坐舡至蕭山，某回簡謝之，因言：“適所奉懇，舉家休戚所繫，幸公留念。”蓋欲以疾苦奏知。此所謂請求也。又數日，辛永宗相訪，云被差京畿提刑，非晚前去，且言：“相公必有重擔子與他擔負，聞已有消息矣。”其言與士襃相符，聞之憂甚，亦謂永宗曰：“公過闕必對，上不問即已，萬一問及，幸公以某疾苦未愈奏之。”永宗曰：“會得會得。”至如賄遺之物，雖滴水無之。某平生立朝行己，自有本末，何至與此輩相往還？永宗挾舊怨，且以某在紹興府待之不以禮，故撰造此說以相擠陷爾。如某以渴疾自引至於再三，方蒙矜允，恩意深厚，禮數優渥，君臣之間初無間隙。至奉祠養疾，尤荷眷顧之意，是時亦未有論擊者，不知所犯何罪？未委何爲請求？此不必質於天地神明，士大夫所共知，不待辯而明者。以其事近卑猥，故復言之。

一、盜用都督府錢十七萬貫。辯曰：某以甲寅八月初除知樞密、都督川陜荊襄軍馬。既正謝，奏乞先降錢一萬貫充激賞。次日，朱丞相勝非將上進呈，曰：“既開府便要錢用。”尋降錢一萬貫付庫收樁，差使臣二人專監，屬官兩員提舉。凡一行公用什物之類，及使人出入、間探之費，皆出此錢，收支請領各有所司畫一。中乞入蜀犒軍，蒙支錢五十萬貫，令在庫藏變易金銀寄樁，俟臨行交割，此物元不曾出庫。至九月末，留拜右相，洎扈從親征回，遂以左藏庫寄樁錢五十萬支付韓世忠，貼充大禮賞給。既兼諸路都督軍馬，府庫官屬不改，逐月請雜支用及食錢之類，節次下左藏庫關請，二年之間，不過三二萬貫而已，自有提舉及監官主管收支文歷可考也。初以二相兼督府，一在內，一時出視師，謂之行府。右相專在外，凡朝廷應副督府錢物，盡歸行府，無慮千萬。而在內，督府所總止於前數，既無所管之錢，不知從何盜用？洎某再相，督府已罷，舊監庫使臣者猶在密院，偶因事斥去，任處州兵鈐。後見言章有十七萬之說，郡中廣坐憤然厲聲謂守倅等曰：“自初建督府以至減罷，首尾監庫唯某一人，若謂趙相私用庫錢，一十七文亦無之。某又不是趙相處得意之人，將某趕出來，事有不平，難爲認[一四]受。人雖不知，某便不知，天地神明亦須知之。”此語頗流傳也。此事初出於呂祉，祉得於一要人，達之言者，前來章中已有此事。要人之意欲重人之罪，恐其復來爾。如“親奉玉音”之語，及資善堂汲引親黨之謗，皆出於此。使某十年遷謫，百口流落，率由是也。某嘗謂怨嫌之禍小，忌嫉之禍深，自古皆然。怨嫌之禍既釋即已，忌嫉之禍無有已時，此其可謂也。

一、資善堂汲引親黨。乙卯春，資善既建，同列留身奏事，退謂某曰：“適得旨，傳令相公擇資善堂官一員。”言才出口，某曰：“今士人中學識淵源、人物蘊藉，可以爲師範，無如范冲者。”此言應口即答，未嘗出於思慮。當時止爲得旨擇人，若謂有他意，則皇天后土實鑒臨之。退亦思之，恐涉嫌謗，又念古人内舉不避親之義，於是言於上，自信弗疑，不慮後患，此則某之罪也。命下，范冲力辭，且言獨員，終日在内，恐涉嫌謗。遂又進擬朱震。二人更直，舉朝内外皆以爲得人。後因臺諫諸人奏事，上盛談二人之賢，諸人奏曰：“天生資善官二人，無與比者。”翌日，上以臺諫之言語執政，顧某喜動天顔，某亦以此自喜，不知爲今日之患也。然又有一事，最爲切害，迹狀霭昧，無以自明。此所以摧心飲血，負屈銜冤，抱恨無窮，死且不忘也。某丁巳秋再相，適岳飛入朝奏事。翌日，上曰：“飛昨日奏乞立皇子，此事非飛所宜與。”某奏曰：“飛不循分守，乃至於此。”退召飛隨軍運使薛弼，諭之曰：“大將總兵在外，豈可干與朝廷大事，寧不避嫌？飛武人，不知爲此，殆幕中村秀才教之。公歸語幕中，毋令作此態，非保全功名終始之理。”弼深以爲然，曰當子細諭飛，且語幕中諸人也。若謂某結飛使之爲此，寧肯使人諭止之？前譖者謂某汲引親黨，僥倖他日。後譖者謂某結飛，欲以兵脅朝廷。嗚呼！讒人之言，一何酷邪！此自古人君惡聞之者，殺身滅族之禍也。尚賴君父慈憐，得保首領，非其幸歟！萬一再見天日，當瀝膽披肝，一訴始末，然後退就鼎鑊無憾矣。嗚呼！皇天后土，實臨鑒之。

校勘記

〔一〕“原序”，據函海本補，四庫本無。

〔二〕“趙鼎書”，據函海本補，四庫本無。

〔三〕“辯誣筆録卷一”，據函海本補，四庫本無。

〔四〕“金”，函海本作“見”。

〔五〕“爲”，函海本作“謂”。

〔六〕“武陽”，乃“陽武”之誤，後同。

〔七〕“䋲”，疑當作“澠”。

〔八〕“兵”，函海本作“師”。

〔九〕“愚”，函海本作“寓”。

〔一〇〕“權”，據函海本補，四庫本無。

〔一一〕“何”，函海本作“乎”。

〔一二〕“倚”，函海本作“依”。

〔一三〕“行”，據函海本補。

〔一四〕“認”，函海本作“忍”。

家訓筆録

　　吾歷觀京洛士大夫之家，聚族既衆，必立規式，爲私門久遠之法。今參取諸家簡而可行者付之汝曹，世世守之，敢有違者，非吾之後也。紹興甲子歲四月十五日，得全居士親書。

　　第一項：閨門之內，以孝友爲先。吾平日教子孫讀書爲學，正爲此事。前人遺訓子孫，自有一書，并司馬溫公《家範》，可各録一本，時時一覽，足以爲法，不待吾一一言之。

　　第二項：凡在仕宦，以廉勤爲本。人之才性各有短長，固難勉強，唯“廉勤”二字人人可至。廉勤所以處己，和順所以接物。與人和則可以安身，可以遠害矣。

　　第三項：諸位中以最長一人主管家事，及收支租課等事務。願令已次人主者聽，須衆議所同乃可。

　　第四項：子孫所爲不肖，敗壞家風，仰主家者集諸位子弟堂前訓飭，俾其改過。甚者影堂前庭訓，再犯再庭訓。

　　第五項：歲時享祀，主家者率諸位子弟協力排辦，務要如禮，以其享祀酒食合族破盤。

　　第六項：旦望酌酒獻食如平日，長幼畢集，不得懈慢。

　　第七項：遠忌供養，飯僧追薦如平日，合族食素。

　　第八項：應本家田産等，子子孫孫並不許分割，自有正條可以檢照遵守。

　　第九項：歲收租課，諸位計口分給，不論長幼俱爲一等，五歲已〔一〕上給三之一，十歲以上給半，十五歲已〔二〕上全給。止給骨肉，女雖嫁未離家，并壻、甥並同。其妳婢奴僕並不理口數，不在分給之限。

第十項：宅庫租課收支等應干文歷並收支單狀，主家者與諸位最長子弟一人通行簽押。其餘非泛增損事務，亦須商議。

第十一項：甲年所收租課，乙年出糴收索，至丙年正月初，據所收之數，十分內椿留一分，<small>約度有餘即量增。</small>以備門户緩急。內有官人到官，支住；罷官到家，仍舊支給。

第十二項：椿留錢歲終有餘，即撥入租課歷，正初混同計數，分給椿留。

第十三項：田産既不許分割，即世世爲一户，同處居住，所貴不遠墳壠。

第十四項：仕宦稍達，俸入優厚，自置田産，養贍有餘，即以分給者均濟諸位之用度不足或無餘者。然不欲立爲定式，此在人義風何如耳。能體吾均愛子孫之心强行之，則吾爲有後矣。

第十五項：他日無使臣使喚，即於宣借內擇一二人善幹事、能書算者，令主管宅庫、租課等事，稍優其月給，庶或盡心。所給錢米正初分給時撥出，或季給，或月給。

第十六項：主管宅庫人專管宅庫應干事務，諸位不得私役及非理凌虐。

第十七項：罷官於他處寄居者，更不分給租課。

第十八項：每歲收索租課，預告報管田人，候見本宅衆[三]位子孫，同簽頭引及主管宅庫人親身到彼，方得交付。如諸位子弟衷[四]私取索，即不得應副。如輒支借，將來[五]計算本宅並不認數。

第十九項：諸位子弟不得於管田人處私取租課，如敢違者，重行戒約。及時私取錢物，於分給數內剋除外，更令倍罰。謂如私取十貫，已剋除十貫，更剋除十貫之類。

第二十項：每正初，契勘當年內如有合赴官者，據闕期遠近，展一季分給。如代者補填，俟接人到，據所展月日〔六〕於椿留貼支。契勘當年有任滿者，即約度計口存留，在官者先以書報。候到家日依舊分給所留。不足，即於椿留內貼支，有餘撥入椿留歷。

第二十一項：每正初合分給時，即契勘當年內諸位如有婚嫁，每分各給五百貫足，男女同。

第二十二項：增添人口，展修房戶等，應有所費，並於椿留內支破。其餘些小修造，諸位自辦。

第二十三項：應婚嫁，主家者主之，有故以次人主之。除資送禮物等已給錢，諸位自行措置外，其筵會及應干費用並於椿留內支破。主家者與本位子孫協力排辦，務要如禮。

第二十四項：非汎支用，除婚嫁資送等已有定數外，如祭祀、忌日、旦望等名色不一，難為預定，仰主家者公共商量，隨事裁處，務要適中，兩無妨闕。

第二十五項：應祭祀、忌日、旦望供養之物及禮數等，吾家自祖父以來相傳皆有則例，人人能記，不必具載，亦不必增損。

第二十六項：他日吾百年之後，除田產、房廊不許分割外，應吾所有資財依諸子法分給。諸子分自有正條。

第二十七項：三十六娘，吾所鍾愛，他日吾百年之後，於紹興府租課內撥米二百石充嫁資，仍經縣投狀，改立戶名。

第二十八項：同族義居，唯是主家者持心公平，無一毫欺隱，乃可率下，不可以久遠不至〔七〕，敗壞家法。

第二十九項：古今遺訓子弟固有成書，其詳不可概舉，唯是節儉一事最為美行。司馬文〔八〕公《訓儉文》，人寫一本，以為永遠之法。

第三十項：應該載不盡事件，並仰主家者公共相度，從長措置行之。

　右三十項恐太繁，更在臨時擇而行之。大意止是應田產不許分割，每歲計口分給約束。應本家所有田產，並不許分割，每歲據所入計口分給。其詳在私門規式冊中，可以檢照遵守。子孫世守之，不得有違。紹興十四年九月初七日。

自誌筆録

　趙氏得姓於趙城始封之地，晉趙成季其後也。余家出成季之裔，世居汾晉，歷古仕宦不絕。藝祖初征河東，舉族內徙，居解州聞喜縣，今爲聞喜縣人。曾祖累贈太師，曾祖母李氏累贈秦國夫人。祖累贈太師，追封申國公，祖母牛氏累贈秦國夫人。父累贈太師，追封秦國公，母李氏累贈秦國夫人，母樊氏累贈秦國夫人。余四歲而孤，太夫人樊氏躬自訓導。二十一歲鄉里首薦，明年登進士第，崇寧五年也。初調鳳州兩當尉，次任岷州長道尉。以勞改京秩，調同州戶曹。次任河中府河東縣丞。丁秦國太夫人樊氏憂，服闋，調河南府洛陽縣。靖康元年，除開封府士曹，尋改右判官，累遷朝請郎，賜緋魚袋。丁未秋，沿檄南渡，寓居杭州，遷朝奉大夫，祠差主管洞霄宮。己酉春，遷居衢州。二月，車駕渡江，駐蹕錢塘，是月被召。四月，至行在所，除司勛員外郎。五月，從駕還建康，對於普寧寺行宮。六月，除左司諫。七月，改殿中侍御史。八月，從駕平江。九月，除侍御史，從駕越州。十二月，至明州，除御史中丞。明年庚戌三月，復還紹興。五月，除端明殿學士、簽書樞密院事。十月，引疾奉祠，提舉臨安府洞霄宮，寓居衢州常山縣黃崗山永平寺。壬子十月，除知平江府，道改江東安撫大使、知建康府，節制廬壽軍馬。癸丑三月，移江西安撫大使、知洪州，節制蘄黃軍馬，兼制置大使。甲寅二月，召赴闕奏事。三月，除太中大夫、參知政事。八月，除知樞密院事，充川陜宣撫使，尋改都督川陜荆襄軍馬。九月，充明堂大禮使。是月末，除尚書右僕射兼樞密使。十月，扈從親征，駐平江。乙卯正月，扈從還臨安。二月，遷左僕射兼樞密使、都督諸路軍馬、監修國史。丙辰九月，扈從駐平江。十二月，引疾，除觀文殿大學士，充浙東安撫制置大使、知紹興府。丁巳八月，除萬壽觀使兼侍讀。九月，授金紫光禄大夫、尚書左僕射兼樞密使、監修國史。戊午九月，《哲宗實録》書成，授特進。十月，引疾，除檢校少傅、奉國軍節度使，充浙東安撫大使、知紹興府。十二月，請祠，除醴泉觀使，任便居住。己未二月，除知泉州。四月，落檢校官、節度使，依舊特進。庚申五月，請祠，提舉臨安府洞霄宮。六月，至明州慈溪縣。七月，責授清遠軍節度副使，潮州安置。甲子十月，移吉陽軍。乙丑二月一日，渡海，二十五日，至吉陽軍。丙寅十一月，得疾。丁卯八月十二日，終於貶所，壽六十三。得全居士趙元鎮自誌。

校勘記

〔一〕“巳”，《函海》本作“以”。

〔二〕“巳”，《函海》本作“以”。

〔三〕“衆”，《函海》本作“諸”。

〔四〕“衷”，《函海》本作“懷”。

〔五〕“將來”，《函海》本作“來年”。

〔六〕“月日”，《函海》本作“日月”。

〔七〕“至”，《函海》本作“慎”。

〔八〕“文”，《函海》本作“温”。

附録〔一〕（補遺）

歷代名臣奏議

論憂勤中興

臣恭惟陛下歷茲艱運，屢更變故，雖否泰循環，理之必至，天其或者眷佑我宋，激勵陛下，益堅憂勤之念，以就中興之業乎？昔趙簡子以襄子爲後，謂其臣董安于曰："是其人能爲社稷忍辱。"後襄子蒙受灌飲之耻，而卒滅智伯。越王勾踐敗困會稽，既以反國，置膽於坐，飲食必嘗，曰："汝忘會稽之耻耶？"後亦以滅吳。區區小國之君，苟用心如此，卒能有成。今陛下承隆平久逸之後，躬履艱棘。淮甸之擾，倉卒播遷。二凶奸謀，乘間竊發。陛下不深以罪人，而責躬克己，唯以天下爲念，是能爲社稷忍辱矣。其亦飲食嘗膽，如負會稽之耻，仰承天之所以責成之意，則興衰撥亂，此其始歟！唯夫食不加肉，衣不重綵，折節下賢，與百姓同勞苦，是乃勾踐之所以滅吳也。（《歷代名臣奏議》卷八六）

請嚴三衙之選

臣竊惟太祖皇帝即位之初，用趙普策收諸道之兵，集之京師。又於其中遴選材武，以備禁衛，謂之親兵；委腹心之臣，分軍統領，謂之三衙。所以弱藩鎮，壯王室，以革唐末五代之弊。而又訓練駕馭，各盡其術，由是人思自效，得其死力。故凡邊隅有警，奸雄違命，天戈所指，莫之能抗，中外無事垂二百年，由此道也。太平日久，習爲驕惰，而三衙之任或非其人。自靖康以來，南北流離，散亡過半，遂使朝廷有反側之憂，人主無爪牙之勢，非祖宗之深意也。臣願陛下留意三衙，擇其忠勇盡節，臨難不避，恩威兼濟，爲衆所服者，親閱諸軍，取其人材武藝，以廣宿衞親兵之列。所以恢張國勢，震耀天威，使悍將强臣膽落氣沮，指顧號令雷動風行，然後可以大有爲於天下。兹事甚易，而所係利害非可以縷陳也，惟陛下留神省覽。（《歷代名臣奏議》卷二二二）

請移王瓊軍馬城内駐札

臣竊見近降指揮，王瓊軍馬城外駐札，今已有來者，見於禹廟諸處屯泊。臣昨在温州時，見瓊軍馬亦止城外，將士皆有言曰："等是官軍，獨不得入城，以賊待我，我亦何憚而不爲？"瓊軍昨在淮南，後自建康由江東趨福建，以達行在，沿路肅然，無秋毫所犯。今由明越，往往潰亡作過，雖軍情變動莫測，而懷憤之久，由此而發故也。養兵無他，嚴號令、信賞罰而已。有功者賞，有罪者罰，自餘屯泊、衣糧等事，當待之如一。儻有厚薄分別之異，必生怨望不平之心，理之必然，不可不慮。兼屯軍城外，既無寨堡節其出入，蹂踏民田，潛行劫奪，將無所不有，非若城中有所關防也。臣愚欲乞别降睿旨，取會人數多寡，且令城中踏逐，或於空閒官地搭蓋蓆屋居住，猶愈於城外重爲民患，而生彼怨心也。（《歷代名臣奏議》卷二二二）

請支吉州榷貨務見錢造戰船糧船

臣契勘本路江州、興國、南康軍邊臨大江，地接光、黃，咫尺偽境，沿流曲折，控扼千里，萬一有警，須藉水軍防捍。唯是闕少戰船，緩急無以措手。近據探報，上流賊馬侵寇襄、隨，包藏不測。沿江制置使岳飛屯駐大軍，列戍江上，亦以戰船闕少爲慮。雖先奉聖旨，令江西轉運司和雇、收買二百隻應副，緣本路州縣累遭兵火，繼而招討、宣撫兩司大軍經由，刷舟船殆盡，目即江河惟有往來客船。若一例不以情願便行雇買，不惟商賈不通，有害貿易，亦非戰鬥所宜，兼逐時般載軍儲錢穀，亦無舟船輸運。本司今相度，欲計置打造戰船二百隻，以爲沿江控扼之備；般載錢糧船一百隻，專充本路往來使用。約其工費用度，不下十餘萬貫。欲望聖慈詳酌，特降睿旨，就吉州榷貨務支降見錢一十萬貫。如尚闕錢物，更容本司那融支撥。庶幾乘此時月計置木植，便可打造，免致防秋有誤大計。(《歷代名臣奏議》卷二二二)

永樂大典

乞留所起人兵札 紹興七年四月三日

臣今月初二日准樞密院札子，備奉聖旨，將本路已揀中弩手內十分爲率，就加揀五分武藝高强之人，限半月團結，差官管押赴都督府。臣近以車駕進臨大江，本路相去遼遠，聲勢不能相及，乞朝廷差發兵馬數千，於明州駐札，緩急可以彈壓。今准前項指揮，將本路見管人兵內摘起四分之一，數雖不多，然在本路實有利害。臣契勘本路見管隸將共六千八百人。除將投外，約計六千五百四十人。內一半習弓弩，計三千二百七十人。於內摘起一半，計一千六百三十五人。其間又有新招刺未合入等，及患病、逃亡、事故外，止六千二百人而已。在朝廷得此一千餘人，怯懦南兵，不足爲用。而一州之間，千百人之內，摘去强壯百數，則餘益不堪矣，謂之無兵可也。況本路兼備海道，與其他路分不同。欲望聖慈檢會臣前奏，分兵數千前來明州駐札，所有今來所起本路人兵，伏乞特降睿旨，許令存留，實一路之幸。臣以衰疾浸加，已乞宮觀差遣。然未去一日之間，苟有所見，不敢隱默，伏幸睿慈曲賜矜察。臣無任俯伏恐悚之至。

貼黃：臣竊惟朝廷措畫，雖非遠外所可臆度，然陛下既登戎路，則中外臣民孰不願輸寸效？況如臣愚，嘗待罪宰輔，而出當一面之寄。如朝廷決欲起發本路人兵，臣亦豈敢堅執？唯是紹興府係帥司置司去處，不可大令削弱。今照對本府，先准朝廷條式，取會堪出戰軍兵人數，內七百六人係揀中五分弓弩手，本府已於紹興六年十月內開具軍名帳狀，申行在樞密院去訖。續緣差出事故，目今見管六百三十五人，合發五分，計三百一十八人。本府見准朝廷指揮，於揀中弓弩手內起發二百人赴留守司彈壓。除發回外，有一百七十人，止合貼數起發一百四十八人，委是數目不多。欲乞特降睿旨，許令存留，非他州所敢援例也。臣既乞宮觀，則兵馬有無非臣之責。然臣在任之日，不爲一言，則後來帥臣必將罪臣矣。併望聖慈憐察。（《永樂大典》卷八四一三）

乞降睿旨訓飭岳飛札

臣被命西行，雖總數路，而隨行兵馬僅能防護行李，或有警報，實無以應援。竊見岳飛屯軍岳、鄂，制置襄漢；而襄、鄧等處所留兵將，又皆飛之部曲，勢足以相及，力足以相濟。今雖專令捕討湖寇，而襄漢衝要之地，尤不可忽。臣願陛下速降睿旨，訓飭岳飛，明遠斥候，常如寇至，斟量事勢，資助兵威，庶幾不廢前功，以圖善後。唯襄漢既能堅守，則么寇不日自平。然後移湖南兵食，益壯上流之勢，俾川陝增重，吳越鎮安，遠邇無睽阻之虞，緩急有首尾之應。經營之漸，當始於此。仰幸聖明，俯垂財察。（《永樂大典》卷八四一三）

建炎以來繫年要錄

論王德殺韓世忠將陳彥章當死奏建炎三年七月

德緣兵敗自慚，而忌世忠之功，故殺其將。且德總兵在外，而擅殺不顧，此風一長，其禍有不勝言。（《建炎以來繫年要錄》卷二五）

乞罷常平官吏免常平錢穀疏建炎三年閏八月

臣聞漢昭元年，罷榷酤均輸之法，唐順宗即位，罷月進羡餘之資，如拯溺救焚，惟恐其不及，所以固邦本於不拔，延世祚於無窮。恭惟陛下即位之元年，即降指揮，罷常平官吏，蠲免常平錢穀，詔下之日，無遠無近，鼓舞歡呼，仰戴惟新之政。而去歲之冬初，復有指揮置提舉官，根刷諸司侵支，催理民間舊欠。諸司侵支，固豈入己，非軍期犒賞，則月給錢糧，逼使撥還，亦非己出，奪彼與此，有何利害？民間舊欠，所在皆然，非逃亡人民，則庸胥猾戶迫令輸納，號令不行，良善之氓例遭抑配，開猾吏衣食之源，遺平民椎剝之苦。人心駭愕，物論紛紜，使陛下重失人心，特在此舉。繼聞有旨委從官詳議，渡江之後，未即施行。而遠方官司奉承不暇，修飾廨舍，召置吏人，供帳什物之資，增給祿廩之費，不知其幾何也。近據監察御史林之平申，福州一州已使過錢三萬餘貫，則其餘州縣計不減此。提舉官差與不差，提舉司置與不置，元無明降指揮，徒使四方奉行違戾。竊惟斂散本非良法，知取債之利，而不知還債之害，前言固已曲盡於人情，而今乃督責於既已放免之後，其爲嗟怨，豈特還債之比耶？臣願陛下明降睿旨，一依建炎元年指揮，罷提舉常平官吏，放見錢穀，仍令追理耗用椿充錢本，復舊平糴之法。不惟陛下恤民之詔不爲空言，而使斯民復見祖宗之政矣。（《建炎以來繫年要録》卷二七）

論當以公安爲行闕疏 建炎四年四月

吳、越介在一隅，非進取中原之勢。荆、襄左顧川、陝，右視湖、湘，而下瞰京、洛，在三國必爭之地。宜以公安爲行闕，而屯重兵於襄陽，以爲屏翰，運江、浙之粟，資川、陝之兵，經營大業，計無出此。願詔張浚未可長驅深入，姑令五路各守其地，犄角相援可也。（《建炎以來繫年要録》卷三二，又見《宋史》卷三六〇《趙鼎傳》）

辭免江西安撫大使奏 紹興三年四月

臣本由拙直受知於陛下，亦以招怨於人。昨蒙陛下除臣知建康，外鎮責任之劇，無逾於此。然足食足兵，帥司之事也，而臣無生財之長策，但以漕司應副不繼，屢匄於朝廷而已。勞來安集，守臣之職也，而臣無及民之實利，但以豫買價小不均，疊聞於陛下而已。至於僚屬所取，皆州縣無聞之人；郡政所先，唯鹽米聽斷之物。此皆臣已試之效也，何足取哉！臣素苦脚疾，而江西最號卑濕，萬一浸加，即不能支。惟陛下憐臣孤忠，除一宮觀。（《建炎以來繫年要録》卷六四）

舒蘄黄三州受四司節制非便奏 紹興三年九月

舒、蘄、黄三州先得旨分隶大路，後有旨軍期事聽江州沿江安撫司約束，又令遇賊盗竊發聽淮西帥司約束，最後令舒、蘄二州聽岳飛節制。三州殘破之餘，事力單弱，凡受四司節制，不知號令何所適從。（《建炎以來繫年要録》卷六八）

除川陝宣撫處置使陳乞錢帛等事奏_{紹興四年九月}

臣隨行兵，除王進外，取於密院及諸處纔二千人，而强壯者曾無數百。又錢帛合依張浚例，初乞錢百萬，止得五十萬；度牒二萬，止得三千，再乞，得萬八千，又乞始足元數。臣日侍宸宸，所陳已艱難如此，況在萬里之外？惟望睿斷不爲群議所移，臣實萬幸。（《建炎以來繫年要録》卷八〇）

都督諸路軍馬合行事件奏_{紹興五年五月}

蒙恩除都督諸路軍馬，有合奏請事件。一、印以"諸路軍事都督府之印"九字爲文。一、川陝荆襄都督府事務并官吏、兵將、官物等合併歸本府，内印記候鑄到新印日，於禮部寄收，如遇臣等出使，却行關取行使。一、本府行移，緣臣等係宰臣兼領，乞依三省體式。其與三省、樞密院往來文字，依從來體例互關。一、如遇臣等出使，其官屬并直省通引官、知客、散祗候、大理官、街司、堂厨、東厨、監厨合干人等，量度差撥，使回仍舊。内合破使臣、親兵、宣借兵士諸色人等，乞許存留照管家屬，或將帶隨行。一、本府應干合行事件，並遵依川陝荆襄都督府并臣昨措置江上已得指揮及體例施行，事小或待報不及，聽一面施行。（《建炎以來繫年要録》卷八五，又見《宋會要輯稿》職官三九之七）

乞追寢范冲資善堂翊善除命奏_{紹興五年五月}

臣與范冲正係姻家，然臣罷簽書樞密院，退歸山閒，冲始有召命。去年春，再有旨促冲赴闕，亦在臣未還朝之前。自此冲每有除名，臣必再三陳免。冲超除次對，適在臣待罪宰相之日。冲之文學行誼，陛下所知。前後除擢，雖出聖意，然四方萬里，安能户曉，必謂臣以天下公器輒私親黨。崇觀僥倖之風，不可不戒

其漸，伏望追寢成命。（《建炎以來繫年要錄》卷八九）

論李大有上書事奏 紹興五年十一月

昨蒙除出李有大上書，言及機權事，上曰："此涉兵機，不欲付外看詳。"昔張齊賢上書獻收河東之策，太祖皇帝怒甚，至裂其奏，擲之於地。及左右侍立之臣既退，徐收其奏，密授太宗曰："他日取河東，出兵運糧，當用齊賢策。"未幾，河東平，擢齊賢至宰相。沈幾如此，當爲萬世法。（《建炎以來繫年要錄》卷九五）

進退人才疏 紹興七年九月

臣蒙恩召還經帷，方再辭，而復遣使宣押，臣感深且泣。至西興，又奉宸翰促行，且諭以圖治之意，臣無地措足。然先事言之，則不敢昧。蓋進退人才，乃其職分。今之清議所與，如劉大中、胡寅、呂本中、常同、林季仲之徒，陛下能用之乎？妒賢黨惡如趙霈、胡世將、周秘、陳公輔，陛下能去之乎？陛下於此或難，則臣何敢措其手也？昔姚崇以十事獻之明皇，終致開元之盛。臣何敢望崇，而中心所懷，不敢自隱，惟陛下擇之。（《建炎以來繫年要錄》卷一一四）

乞罷知泉州疏 紹興九年七月

昨準告命，落節度使。自惟罪狀昭著，揆之禮法，赤族猶爲輕典，止從貶秩，益不自安。伏望罷知泉州，投之散地，庶幾澡雪淬勵，以副陛下庇護再生之賜。（《建炎以來繫年要錄》卷一三〇）

與劉光世書

參謀諸公久在幕府，必能裨贊聰明，共享富貴。固不可輕舉妄動，重貽朝廷之憂；亦安忍坐視不救，滋長賊勢，留無窮之

患？（《建炎以來繫年要錄》卷三七）

宋會要輯稿

舒蘄黃三州軍馬錢糧乞從淮西應副奏 紹興三年六月

本路昨兼管江北七州軍，内舒、蘄、黄三州見今分屯本司軍馬，那移錢糧等應副，即目興葺，漸成次第。近據報到，淮南西路安撫使胡舜陟乞節制舒、蘄、黄三州人馬，有旨依。本司契勘上項逐州軍馬既聽淮西帥臣節制，若本路不合兼管，其錢糧乞從淮西應副。并江西係與淮西相接，今蒙將舒、蘄、黄三州撥歸淮西，萬一上流有警，則沿江一帶並無軍馬應援。本司相度，遇有沿江探報，即乞許本司時暫勾索逐州人兵，權行使唤。（《宋會要輯稿》職官四一之一〇五）

乞量留軍馬彈壓虔州賊火奏 紹興三年七月

虔州管下，賊火不一。今來岳飛雖已破蕩巢穴，竊慮大軍起離之後復行嘯聚，合要一項軍馬彈壓措置。除已牒岳飛量留軍馬五千人權就虔州駐札，自餘軍馬發往吉州歇泊，量帶親兵并劉僅人馬赴行在。（《宋會要輯稿》兵一三之三）

乞以潘淳官資給還其孫濤奏 紹興四年四月

契勘洪州昨有試作監主簿潘興嗣[二]，自幼得官，高蹈不仕。朝廷察其高行，常除差遣，抗志不就。嘉祐間宰相韓琦等奏，乞加拔擢。凡所旌寵，每至輒辭。至元符三年尚書右丞黄履又引孫侔、王回等例乞録其後，遂官其孫淳，授太廟齋郎，調南康軍星子縣尉。蔡京用事，言者觀望，謂淳與陳瓘有連，每至京師，必館於瓘家，實預論議，又與曾布有鄉曲之舊，故屢因緣論薦，遂降指揮追奪，士論冤之。三十餘年，今興嗣與淳皆卒，唯有孫濤亦復垂老，乞給還所奪官資與之，以爲廉退自守之勸。（《宋會要輯稿》崇儒六之二六）

開啓乾龍節道場事宜奏 紹興五年三月

今月十一日樞密院開啓乾龍節道場。是日既爲淵聖皇后祝壽開啓，恐當崇重其禮，欲權免常參六參官起居。將來開啓滿散天寧節道場，亦乞依此。（《宋會要輯稿》禮五七之二五）

景定建康志

請權駐蹕建康疏 紹興五年

臣願先定駐蹕之所。今鑾輿未復舊都，莫如權宜且於建康駐蹕，控引二浙，襟帶江湖，運漕貯穀，無不便利。淮南有藩籬形勢之固，然後建康可都。願與二三大臣熟議之。（《景定建康志》卷一四）

鄂國金陀續編

乞支錢糧贍給李橫軍兵奏

臣契勘近據諸處關報，襄陽失守，鎮撫使李橫等退師到漢陽軍界。臣先權宜措置，移牒李橫等將所部軍馬擇地利去處駐兵掩擊。續承岳飛來諮，目今李橫等已至蘄、黃州，一行兵馬既經潰散，若在江北住札，必不能安，或令過江相兼捍御，却可爲用。臣亦已牒岳飛從長措置，令逐項軍馬過江，安泊老小了當，整齪前去，相兼捍御。及牒李橫、李道權聽岳飛分撥使喚，并逐急差官水陸斡運糧米起撥應副。已累具上項因依申奏朝廷去訖。今月二十八日承岳飛公文：探聞李橫等人馬被番、僞賊兵潰散前來，各無鬥志，見有作過之人。李道、牛皋兩項共有人兵千餘人，已到江北岸張家渡。及李橫、翟琮、董先等共約有五千餘人，已起發漢陽軍。其李道、牛皋再來申告，乞聽岳飛節制，内李道單騎已到江州。臣契勘李橫等一行人兵今相繼前來，本司已逐旋起發糧米應副外，所有日後合用錢糧未有官司主管，今且以六千餘人約闕。（《鄂國金陀續編》卷二九）

乞遣中使訓諭諸帥應援岳飛札

臣昨日具奏，岳飛已定今月十九日出師。竊惟陛下渡江以來，每遣兵將，止是討蕩盜賊，未嘗與敵國交鋒。飛之此舉，利害甚重，或少有蹉跌，則使僞境益有輕慢朝廷之意。臣願陛下曲留聖意，凡有可以牽制應援，助其聲勢，及饋餉、錢糧等事，督責有司速爲應副，頻以親筆敦奬激勵，且使諸路帥臣協力共濟，庶使萬全。

一、乞遣中使齎親筆賜劉光世，遣發王德、酈瓊，共以萬人屯舒、蘄間，各將帶一兩月前[三]糧。或岳飛關報會合，即令兼程前去，併力攻討。仍行下岳飛照會。

一、乞以親筆賜鄂劉洪道、江西胡世將、荆南解潛等，各務盡忠體國，應岳飛報到遣發援兵、資助糧食，及應干軍須等事，一一應辦，不得輒分彼此，致失機會。

一、乞並以金字牌先次發行，仍諭光世，已遣中使諭旨，使先知陛下丁寧之意。

臣已請宫祠，既聞聖訓，不敢不盡愚見。

貼黄：臣今所陳，如或可采，乞作聖意行出，庶免越職侵官之罪。（《鄂國金陀續編》卷二九；又見《永樂大典》卷八四一三）

王彦移軍事宜奏

臣等適蒙宣諭王彦移軍事。臣中間與張浚議及此事，浚言彦病甚，其次無可委之人，萬一彦死，其衆無所統屬，所以又併歸岳飛之意。儻如早來聖諭，召彦赴闕，則荆南錢糧不足，其次既無可以倚仗之人，切慮别致生事。臣等商量，欲作書與岳飛，候飛移軍襄陽駐札定，然後行下王彦除命，及一面召彦前來，則其衆已在襄陽，部内不能轉動矣。更合取自聖裁。（《鄂國金陀續編》卷二九）

乞起復岳飛奏

臣等契勘，今日據岳飛下參謀官李若虚申，岳飛於三月二十六日丁母憂，乞别差官主管人馬。臣等檢會大將丁憂，例合起復，緣初八日歇泊假，欲從密院先降指揮，照會起復，令日下依舊主管人馬，措置渡江。於初八日進熟狀，鎖院，初九日降制。（《鄂國金陀續編》卷二九）

乞少寬憂顧奏

臣於今月初九日準金字牌降到親筆手詔，以臣在郡之久，無甚罪戾，曲加奬諭，仍戒飭防秋等事。臣孤遠書生，本無榮望，夤緣超躐，皆自陛下親擢，顧惟恩遇之隆，九死不足塞責。而孤忠寡與，動觸怨仇，重蒙全宥之私，久竊宫祠之禄。方杜門屏息，幸保餘齡，載被詔除，更帥兩路。雖以勤對拙，不敢辭難，而才力單微，訖無可記。惟陛下眷憐舊物，闊略愆尤，併示褒嘉，益難負荷。至如秋冬防托，乃臣之職，敢不仰體聖訓，勉效萬分。近岳飛到，已發兵屯駐江上，凡軍中事務，一一商量措置。飛久在江西，人情地利素所習熟。今陛下委付如此，必能感激奮勵，向前立功。臣謹當委曲協濟，以圖報稱。伏幸陛下少寬憂顧，所有條畫事宜，節次奏稟。（《鄂國金陀續編》卷二九）

輿地紀勝

與子書

紹聖初，呂微仲丞相謫嶺南，惟一子曰景山，愛之，不令同行，而景山堅欲隨去。將過嶺，呂顧其子，謂曰：“吾萬死何恤，汝何罪，欲俱死瘴鄉耶？我不若先死，猶有後也。”呂遂縱飲而死。吾不令汝侍行，亦呂微仲意。（《輿地紀勝》卷一〇〇；又見《方輿勝覽》卷三六）

宋人法書

郡寄帖

鼎以罪名至重，不敢復當郡寄，尋其奏陳，未賜俞允，區區之私，不免再陳悃愊。伏望鈞慈曲垂贊助，俾遂所請，實荷終始之賜。鼎方在罪籍，不敢時以書行闕，并幸憐察。右，謹具呈，

伏候鈞旨。八月八日，特進、知泉州軍州事趙鼎札子。（《宋人法書》第三册）

五百家播芳大全文粹

上憲使小簡一

冬季謹時，恭惟登攬之初，神人扶相，台候動止萬福。某竊食部封，仰依覆護，末由瞻覿。謹具啓干溷輿隸之聽，伏乞台察。（《五百家播芳大全文粹》卷六〇）

上憲使小簡二

偵候威嚴，具如右削。不審邇辰歲晏嚴寒，台履何似？恭惟玉節載臨，至和來宅。敢乞嚴護精神，葆嗇台重，慰天下朝夕之望。（《五百家播芳大全文粹》卷六〇）

上憲使小簡三

恭審某官蒙拜新恩，肅將使指，先聲所曁，士庶交欣。涓日之剛，已諧視事，恭惟慶慰。某自聆成命，忻喜倍於常人，敢著裁短啓別緘，申燕雀賀厦之私。伏幸台慈，特賜省録。（《五百家播芳大全文粹》卷六〇）

上憲使小簡四

某官天資傑特，地冑高華。兩宫之眷方隆，四姓之侯莫比。果膺一命禮，畀以祥刑。顧方今練達之材，疏通之政，以某觀之，未有如閣下者。而斡旋樞極，調燮元化，總天下本兵之寄，

非公尚誰望耶？第恐坐席未暖，環召鼎來，入拜制麻，垂副公議。（《五百家播芳大全文粹》卷六〇）

上憲使小簡五

伏自今春下違遠之拜，屈指數月，漸見歲換。拳拳尊敬，頃刻食息不敢或忘。唯是遠隔，不及時貢記府之問，迹雖似懶，情實不然。自邸報初傳，知有持節江東之命。某自惟衰晚，一何天幸，又獲仰事賢使者。況門牆舊物，計未終棄，朝夕引領，但未有趨拜之便。少叙下悰，睇望使星，心精馳騖，伏冀台照。（《五百家播芳大全文粹》卷六〇）

上憲使小簡六

某備數於此，已書一考有奇。冗食素餐，幸無吏責，祇益自愧。來春先次搬挈碎累歸於長樂，旋爲趨朝之計，庶幾密邇河海千里之潤。旌旄按臨屬部，諒在匪遙，首當伺壓境之初，先衆人而郊迎，以盡區區之恭。情之欲言，非筆舌之所能既，惟台慈有以諒之。國太夫人即日恭惟百順駢臻，五福寧謐，台眷上下一一茂集休祥。有委使，乞賜台旨。（《五百家播芳大全文粹》卷六〇）

全宋詩〔四〕

寄李參政

海風飄蕩水雲飛，黎母山高月上遲。千里孤光一樽酒，此情惟有故人知。（宋王象之《輿地紀勝》卷一二七《廣南西路·吉陽軍》）

和鄭有功游西湖二首

放舟越淮楚，更作三吴游。尚餘魂夢怖，敢動鄉邦愁。湖山自清絶，鑑中螺髻浮。況復得夫子，一笑忘幽憂。時時作清言，中有湖山秋。却念無家客，坎止而乘流。何當與俱歸，歲晚鄰一丘。

晚覺身名誤，悠悠定孰親。却向茗水棹，來看武林春。避地將安往，尋山莫厭頻。百錢挑竹杖，雲外踏嶙岣。（宋潜説友《咸淳臨安志》卷三三）

明慶僧房夜坐

月明窗竹冷橫斜，坐看風燈落燼花。老眼病餘嫌細字，枯腸寒甚怯清茶。囊空豈是久爲客，夢短其能飛到家。但有流年尋鬢髮，瀟瀟蓬葆颯霜華。（同上書卷七六）

趙三衢別故人時車駕幸杭州

傖父何由習楚風，家山俱在古河東。相逢憔悴干戈後，追數悲歡夢寐中。摻袂又成千里別，放歌空念一尊同。他年倘有加餐字，試問漁舟鶴髮翁。

飄零澤國幾春風，又觸驚濤泛短蓬。四海未知棲息地，百年半在別離中。功名元與世緣薄，兵火向來吾道窮。獨倚危樓凄望眼，青山無數浙江東。（同上書卷九七）

紫霄圃

群仙邀我游蓬島，白鶴隨人拾瑶草。英靈指點洞門開，前行後擁商山皓。崎嶇石路燕尾分，露濕蟠桃壓竹倒。一山萬山雲氣深，琅玕珠樹霜風老。王喬縹緲自天下，世許高情兩相好。中有一人字安期，笑捧金盆具瓜棗。食之令人可長生，遨遊八極登天行。有時一日三萬里，西風鶴骨霞衣輕。有時亦復一暫息，長歌一曲烟雲凝。高垂鐵鎖蒼苔古，云是神仙紫霄圃。芒鞋竹杖躡步間，丹鳳飛來向人舞。雲中雞犬異人世，藥鼎丹爐用心苦。開軒一飲三百杯，檐花亂落天飛雨。青紅黑綠亂眼前，萬草千花莫能數。茫然拂袖下山來，白髮婆娑鏡中睹。

喻彌陀收掩遺骸

骸骨鱗鱗（原校：疑當作“粼粼”）曠野昏，天陰雨濕向誰論？縱然有樂逾南面，爭似無爲實相門。

題常山草萍驛

纔過常山到草萍，驛亭偏喜雨初晴。麥畦水漲黃雲重，柳絮風吹白雪輕。身世自今忘俗慮，宦途從此快吟情。魏公已輟江西鎮，猶有甘棠頌政聲。（以上元陳世隆《宋詩拾遺》卷一五）

山門栖巖寺

天邊箭筈一門通，香隔雲蘿幾萬重。好借巖風爲披拂，移文有語笑塵容。（《永樂大典》卷三五二五）

暮　村

孤村烟樹暝黃昏，一簇人家半掩門。看盡栖鴉啼噪後，牧童歸去雨聲繁。（同上書卷三五八一）

落　花

花飛便覺春容減，一陣狂風滿地紅。可惜餘芳留不得，夜深

人静月朦朧。（同上書卷五八三九）

倦　妝

錦帕新裁玩月犀，旋開妝合間雲螭。一成貪耍慵梳洗，日晚惟添翠黛眉。（同上書卷六五二三）

思　鄉

何意分南北，無由問死生。永纏風樹感，深動渭陽情。兩姊各衰白，諸甥未老成。塵烟渺湖海，惻惻寸心驚。（同上書卷六六四一）

題謁松陵三賢堂

垂虹過高岸，左江右湖水。洞庭相吐吞，滄海迷涯涘。長波卷風雨，莽蒼窮南紀。人材鍾秀穎，習俗擅清美。高風想三賢，足以振頹靡。一時挺孤標，千載照青史。荒祠倚橋側，草草漁樵市。舟車往來衝，今誰踵前軌？我從都城出，萬事空化委。名迹有重輕，心期要倫擬。異代豈無人，意欲從此始。山林與鐘鼎，一決乃英偉。近聞北客言，兵戎纏翟汜。誰能務采納，尚得扶隳毀。歸歟固夙心，寧作一身喜。亦念征戍兒，白骨委荒壘。道路異秦吳，魂夢隔生死。江湖信清絶，浮泛聊爾耳。却坐寫孤懷，悲風生綠綺。（同上書卷七二三六）

醉和顔美中元夕絶句

年年人月喜團圓，好在詩邊又酒邊。莫道玄真只漁釣，也隨世俗夜無眠。（同上書卷二〇三五四）

道　堂

疏松怪石水冷冷，白葛烏紗晚醉醒。想見眼前無俗物，一爐沉水寫《黃庭》。（影印《詩淵》册三頁一五六九）

靈巖寺

我爲茲山好，登臨到日曛。巖幽餘暑雪，鐘冷人秋雲。篇咏唯僧助，塵煩與俗分。明朝人東棹，因得識吾文。（明錢榖《吳都文粹續集》卷三二）

瀟湘亭

綠柳平蕪遠際天，青山迴抱水相連。半空梅雨昏窗色，一棹萍風破暝烟。酒到愁來那覺醉，詩逢佳客不論篇。只知身在將軍府，一夢江南落枕邊。（明石禄《正德大名府志》卷九）

和聶之美重游東郡

躍馬津亭未幾何，宦遊容易十年過。飄揺空似隨流梗，寂寞猶如挂壁梭。西嶺應餘當日翠，南湖直減幾分波。输君尚得飛征蓋，重向東園聽楚歌。（同上書卷一〇）

句

速宜净掃妖氛了，來看錢塘八月潮。

身騎箕尾歸天上，氣作山河壯本朝。（自書銘旌　以上宋陸遊《老學庵筆記》卷一）

顔齋在倅廳，面對逍遥樓。（《永樂大典》卷二五三六）

顔齋在倅廳面對逍遥樓牌額三二字顔魯公

所書（《永樂大典》卷二千五百三十六"齋"字韵，
頁一上引"趙元鎮詩"。影印本第二十九册。）

想像英姿不可還，空餘翰墨照人寰。亦知凛凛有生氣，千載
長留顧揖間。

全宋詞[五]

蝶戀花 長道縣和元彦修梅詞。彦修，錢塘人，名時
敏。坐張天覺黨，自户部員外郎謫監長道之白石鎮。

一朶江梅春帶雪，玉軟雲嬌，姑射肌膚潔。照影凌波微步
怯，暗香浮動黄昏月。　　謾道廣平心似鐵，詞賦風流，不盡愁
千結。望斷江南音信絶，隴頭行客空情切。

點絳唇 春愁

香冷金爐，夢回駕帳餘香嫩。更無人問，一枕江南恨。
消瘦休文，頓覺春衫褪，清明近。杏花吹盡，薄暮東風緊。

人月圓 中秋

連環寶瑟深深願，結盡一生愁。人間天上，佳期勝賞，今夜
中秋。　　雅歌妍態，嫦娥見了，應羨風流。芳尊美酒，年年歲
歲，月滿高樓。

河傳<small>以石曼卿詩爲之</small>

年年桃李，渺關河一夢，飛花空委。鴻去燕來，錦字參差難寄。斂雙眉，山對起。　嬌波淚落妝如洗，獨倚高樓，日日春風裏。江水際，天色無情，似送離懷千里。

好事近<small>倅車還闕，分得茶詞。</small>

蘭燭畫堂深，歌吹已終瑤席。碾破密雲金縷，送蓬萊歸客。　看看宣詔未央宮，草詔侍宸極。拜賜一杯甘露，泛天邊春色。

烏夜啼

檐花點滴秋清，寸心驚。香斷一爐沈水、一燈青。　涼宵永，孤衾冷，夢難成。葉葉高梧敲恨、送殘更。

浣溪沙<small>美人</small>

艷艷春嬌入眼波，勸人金盞緩聲歌，不禁粉淚搵香羅。暮雨朝雲相見少，落花流水別離多，寸腸爭奈此情何？

浪淘沙<small>次韵史東美洛中作</small>

歸計信悠悠，歸去誰留？夢隨江水遶沙洲。沙上孤鴻猶笑我，萍梗飄流。　與世且沈浮，要便歸休。一杯消盡一生愁。儻有人來閒論事，我會搖頭。

滿江紅<small>丁未九月南渡，泊舟儀真江口作。</small>

慘結秋陰，西風送、霏霏<small>一作“絲絲”</small>。雨濕。淒望眼、征鴻幾字，暮投沙磧。試問<small>一作“向”</small>。鄉關何處是？水雲浩蕩迷南北。

但一抹、寒青一作"修眉一抹"。有無中，遥山色。　　天涯路，江上客。腸欲斷，頭應白。空搔首興嘆，暮年離拆一作"隔"。須信道消憂一作"欲待忘憂"。除是酒，奈酒行有盡情無極。便挽取、長江一作"挽將江水"。入尊罍，澆胸臆。

如夢令 建康作

烟雨滿江風細，江上危樓獨倚。歌罷楚雲空，樓下依前流水。迢遞，迢遞，目送孤鴻千里。

好事近 杭州作

楊柳曲江頭，曾記綵舟良夕。一枕楚臺殘夢，似行雲無迹。　　青山迢遞水悠悠，何處問消息？還是一年春暮，倚東風獨立。

點絳唇 惜別

惜別傷離，此生此念無重數。故人何處，還送春歸去。美酒一杯，誰解歌金縷，無情緒。淡烟疏雨，花落空庭暮。

花心動 偶居杭州七寶山國清寺冬夜作

江月初升，聽悲風、蕭瑟滿山零葉。夜久酒闌，火冷燈青，奈此愁懷千結。綠琴三嘆朱弦絕，與誰唱、陽春白雪。但遐想、窮年坐對，斷編遺册。　　西北欃槍未滅。千萬鄉關，夢遥吳越。慨念少年，橫槊風流，醉膽海涵天闊。老來身世疏篷底，忍憔悴、看人顏色。更何似、歸歟枕流漱石。

烏夜啼 中秋

雨餘風露凄然，月流天，還是年時今夜、照關山。　　收別淚，持杯起，問嬋娟。問我扁舟流蕩、幾時還。

滿庭芳_{九日用淵明二詩作}

靡靡流光，凄凄風露，小園草木初彫。杳然塵影，爽氣界天高。愛此佳名重九，隨宜對、秋菊持醪。登臨處，哀蟬斷響，燕雁度雲霄。　　閒謠。情緬邈，相尋萬化，人世徒勞。念胸中百慮，何物能消？欲致頹齡不老，和金莖、一醉陶陶。君休問，千年事往，聊與永今朝。

賀聖朝_{道中聞子規}

征鞍南去天涯路，青山無數。更堪月下子規啼，向深山深處。　　凄然推枕，難尋新夢，忍聽伊言語。更闌人静一聲聲，道不如歸去。

小重山

漠漠晴霓和雨收。長波千萬里，拍天流。雲帆烟棹去悠悠。西風裏，歸興滿滄州。謾道醉忘憂。蕩高懷遠恨，更悲秋。一眉山色爲誰愁。黃昏也，獨自倚危樓。

惜雙雙_梅

度隴信音誰與寄？腸斷江南千里。深雪前村裏，一枝昨夜傳芳意。　　冷蕊暗香空旖旎，也應是、春來憔悴。風度將誰比，憶曾插向香羅□。

行香子

草色芊綿，雨點闌斑，糝飛花、還是春殘。天涯萬里，海上三年。試倚危樓，將遠恨，捲簾看。　　舉頭見日，不見長安，謾凝眸、老淚淒然。山禽飛去，榕葉生寒。到黃昏也，獨自個，尚凭闌。

浪淘沙

　玉宇洗秋晴，凉月亭亭。夢回孤枕瑣窗明。何處飛來三弄笛，風露淒清。　　曾看玉纖橫，苦愛新聲。由來百慮爲愁生。此夜曲中聞折柳，都是離情。

（以上四印齋所刻詞本《得全居士詞》）

校勘記

〔一〕附録中文章篇什，除《歷代名臣奏議》幾篇是從原本中輯出外，其餘俱是從上海辭書出版社 2006 年 8 月第一版《全宋文》中輯出。

〔二〕"試"下《全宋文》有一"將"字。

〔三〕"前"，疑當作"錢"。

〔四〕引自北京大學出版社《全宋詩》，1995 年 12 月第二版。

〔五〕引自中華書局《全宋詞》，1965 年 6 月第一版。